集中外名家经典科普作品
全力打造科普分级阅读图书

NAMI ZHANZHENG DE WEIXIE

# 纳米战争的威胁

陈龙银　薛贤荣　薛艳　主编

王蜀　等编著

## 少儿科普精品分级阅读

（12~15岁）

北京师范大学出版集团
安徽大学出版社

图书在版编目(CIP)数据

纳米战争的威胁/陈龙银,薛贤荣,薛艳主编;王蜀等编著.—合肥:安徽大学出版社,2015.9
(少儿科普精品分级阅读.12～15岁)
ISBN 978-7-5664-0993-5

Ⅰ.①纳… Ⅱ.①陈… ②薛… ③薛… ④王… Ⅲ.①阅读课—初中—课外读物 Ⅳ.①G634.333

中国版本图书馆CIP数据核字(2015)第183731号

| 出版发行： | 北京师范大学出版集团 |
| --- | --- |
| | 安徽大学出版社 |
| | (安徽省合肥市肥西路3号 邮编230039) |
| | www.bnupg.com.cn |
| | www.ahupress.com.cn |
| 印　刷： | 安徽省人民印刷有限公司 |
| 经　销： | 全国新华书店 |
| 开　本： | 170mm×240mm |
| 印　张： | 8 |
| 字　数： | 97千字 |
| 版　次： | 2015年9月第1版 |
| 印　次： | 2015年9月第1次印刷 |
| 定　价： | 15.80元 |
| ISBN 978-7-5664-0993-5 | |

| 策划编辑：钟　蕾 | 装帧设计：徐　芳　李　军 |
| --- | --- |
| 责任编辑：汪迎冬 | 美术编辑：李　军 |
| 责任校对：程中业 | 责任印制：赵明炎 |

**版权所有　侵权必究**

反盗版、侵权举报电话：0551—65106311
外埠邮购电话：0551—65107716
本书如有印装质量问题，请与印制管理部联系调换。
印制管理部电话：0551—65106311

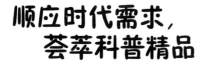

# 顺应时代需求，荟萃科普精品

陈龙银　薛贤荣

在多地为青少年举办的"好书推荐"与"最受欢迎的图书评比"活动中，科普作品（包括科幻作品）都占有相当大的比重。不但家长和老师希望孩子们多读科普作品，以汲取知识、启迪智慧，而且孩子们自己也非常愿意阅读此类作品，他们觉得对自己的成长有所裨益。

科普作品是科学与文学相结合的产物，此类书在中国的萌芽最早可以追溯到20世纪初叶。

晚清时，中国的知识分子就开始思考用含有科学知识的文学作品启迪民智、更新文化。梁启超于1902年发表的《论小说与群治之关系》一文，强调了包括"哲理科学小说"在内的新小说对文化改良的巨大作用，并翻译了《世界末日记》《十五小豪杰》等西方科幻小说。鲁迅则认为"导中国人群以进行，必自科学小说始"，他翻译了凡尔纳的《月界旅行》《地底旅行》等科幻小说。《新中国未来记》《新石头记》《新纪元》《新中国》等早期科幻文学的一个个"新"，表达了中国人对工业化基础上民族复兴的渴望，所有主题都绕不开现代性的追求。

新中国成立后，特别是改革开放以后，科普作品出现了创作、出版与阅读的高潮。近年来，科普作品进一步与民族复兴的中国梦联系起来。在审美功能不被削弱的前提下，科普作品不仅被赋予了教育价值，还肩负起构筑民族国家精神、引导民族国家复兴的政治理想。人们对其价值与作用的认识达到了前所未有的高度。

本丛书就是在此大背景下问世的。

科普作品的作者一般由两类人构成：一是文学工作者，他们在文学作品中加入科学知识并期盼这些知识能得到普及；二是科学工作者，他们用文学的手法向读者介绍科学知识。具有科学知识的文学工作者与具有文学素养的科学工作者并不是很多，因而，就具体科普作品来说，要想克服忽略生动与感染力的通病，达到科学与文学水乳交融的境界，绝非易事。因此，优秀科普作品的总量不多。

打破地域、时间和作者身份的限制，广泛搜集科普精品，再将内容与读者年龄段精心匹配，使之成为一套科普阅读的精品书，这就是本丛书的编选方针。对于当前的普遍关注而又存在认识误区的话题，如食品安全、环保、转基因利弊等，丛书在选文时予以重点倾斜；对于事实上不正确而大多数人却认为正确的所谓"通说"，丛书则精心选用科普经典作品予以纠正。

本丛书的特点还体现在以下几个方面：

其一是分级，从小学到初中共分为九本，每年级一本。从选文到编排，都充分考虑到各年龄段读者的不同特点。如考虑到一、二年级段的小学生识字不多、注意力难持久集中、理性精神尚未觉醒等特点，在选文时多选短文，多选充满童心童趣的童话、故事，尽量避免出现难以理解的专业术语，并加注拼音。初中阶段读者的理解力已经很强了，故而选文篇幅加长，专业术语出现的频率也相对增多。总之，丛书的选编坚持"什么年级读什么书"、"循序渐进"和"难易适中"的原则，以免出现阅读障碍。

二是保护、激活读者求知与想象的天性。求知和想象本来是孩子的天性。但现在的教育不但忽视了对于孩子想象力的保护和培养，而且在一定程度上抑制了孩子的天性。本丛书力求让读者能轻松阅读、快乐阅读，力求所选作品能够保护孩子的想象力，开发孩子的创造力，让他们得以充分发展。

　　三是让读者在获得科学知识的同时培养其科学献身精神。科普作品是立足现实、面对未来的，了解知识固然重要，但对于正在成长的少年儿童来说，引导他们关注未来，激发他们去探索科学的真谛，为科学献身，则更加重要。这套书对培养他们的科学献身精神有着不可低估的作用。

# 目录

**第一辑
战争与灾难**

| | |
|---|---|
| 威力最大的非核武器 | 2 |
| 终极"杀手"——电磁脉冲武器 | 4 |
| 战场上的氦气 | 7 |
| 水下发射导弹有多难？ | 9 |
| 纳米战争的威胁 | 11 |
| 战场上最优秀的特种兵——动物的反恐 | 15 |
| 天外来客会不会撞击地球？ | 19 |
| 激光武器：骇人的"死光"之剑 | 23 |

**第二辑
天体的奥秘**

| | |
|---|---|
| 地壳的观念 | 28 |
| 宇宙空间究竟有多大？ | 31 |
| 宇宙起源之谜 | 33 |
| 地球的特点、规律和状况 | 36 |
| 如何揭开地球深处的神秘面纱？ | 47 |

| | |
|---|---|
| 为什么夜空是黑暗的？ | 51 |
| 揭开了月亮背面的神秘面纱 | 54 |
| 天空中的物理学知识 | 57 |

## 第三辑 深度求索

| | |
|---|---|
| 火山导致了地球生命的诞生吗？ | 64 |
| 会发出声音的沙子 | 66 |
| 解读中国最年轻的市 | 69 |
| 酸雨的功过 | 74 |
| 绝妙的错误 | 76 |
| 智能机器存在反人类风险 | 79 |
| 生物技术可能会"助纣为虐" | 81 |
| 入关 | 83 |
| "凶恶"的水果之王 | 86 |
| 人的性格是不是基因决定的？ | 91 |
| 狒狒为何"爱"上鸡？ | 95 |

## 第四辑
### 科学家的故事

詹天佑：中国铁路之父 　　　　　　　　　　98
袁隆平：杂交水稻之父 　　　　　　　　　　101
李四光：摘掉"中国贫油"帽子的人 　　　　105
茅以升：会背圆周率的桥梁专家 　　　　　　109
邓稼先："娃娃博士"，两弹元勋 　　　　　　112

# 第一辑
# 战争与灾难

我们爱好和平,但我们必须时刻准备着,用战争的手段来维护和平。

现代战争是高科技战争。无人机、激光制导导弹、超级潜艇……这些东西,早已不新鲜了。那么,未来的高科技战争又将如何进行?有骇人的"死光"之剑吗?……

大自然造成的灾难也同样威胁着人类安全,需要我们认真应对。

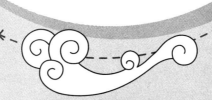

## 威力最大的非核武器

王瑞良

一种新型机载式真空炸弹由俄罗斯试爆成功。这种炸弹释放的冲击波产生的破坏力比普通炸药大得多,相当于一次小型核爆炸。

由试爆现场传来的电视画面显示,俄罗斯一架"图—160"战略轰炸机在测试地点上空投放了这枚炸弹。随着一声巨响,空中出现了一个熊熊燃烧的巨大火球,形同原子弹爆炸后腾空而起的"蘑菇云"。紧接着,猛烈的爆炸导致地面出现一个大弹坑,周围的几幢公寓大楼顷刻间被夷为平地,附近是一片焦土和碎石,所有生物几乎全部"蒸发",场面相当惨烈。

这种真空炸弹又称"温压弹",它的巨大破坏性是由超音速冲击波和令人难以置信的高温造成的。温压弹引爆后,首先触发无氧爆炸和无氧燃烧,把炸药释放到空气中。随后发生有氧燃烧,产生高压冲击波和大量热能,用以摧毁武器装备和建筑物。燃烧过程中消耗大量氧气,造成缺氧状态或局部真空,从而加剧爆炸本身造成的破坏和伤害,使爆炸区域内所有的生物窒息而死。它不会像核武器那样对环境造成严重污染,因而不违反有关的国际条约。

在俄罗斯进行这次试爆之前,美国军方已经试制了类似的真空炸弹。美国在2003年伊拉克战争爆发前进行试验,目的是震慑萨达姆政权的军心。没想到战端一开,萨达姆政权兵败如山倒,美国试制的炸弹没派上用场,只造出14枚便停产了事。当时有人将这种超级武器称为"炸弹之母"。俄罗斯的设计师则不失幽默地将自己的这项最新科研成果称为"炸弹之父"。

美军的"炸弹之母"是一种通过卫星制导的精确打击武器，与它相比，俄罗斯的"炸弹之父"在设计原理、爆炸威力、杀伤范围和研制成本等方面，都全面超过了它。"炸弹之父"采用了纳米技术和先进配方，其爆炸威力相当于44吨三硝基甲苯（TNT）炸药，是"炸弹之母"的4倍。"炸弹之父"爆炸时在其爆炸中心点的温度超过"炸弹之母"1倍，杀伤范围半径为330米，超过"炸弹之母"1.2倍。此外，"炸弹之父"的炸药装载量为7.8吨，比"炸弹之母"8吨多的装载量要少，更便于携带和操作，同时降低了研制成本和运输成本。据悉，经改进后，这种炸弹还可配置于导弹部队和炮兵部队，对敌方构成巨大的威慑。

这种新型炸弹，是俄罗斯一系列新武器研制的最新成果，也是它希望对抗北约东扩和美国在欧洲部署反导防御系统等一系列政策变化中的动向，值得关注。

### 知识链接

真空炸弹是利用空气炸药产生温压效应，所以也叫"温压弹"。温压弹是在云爆弹（燃料空气弹）的基础上研制出来的，可以说是云爆弹的高级发展型。

# 终极"杀手"——电磁脉冲武器

简 俊

1962年7月,科学家在约翰斯顿岛上空进行核试验。核弹爆炸1秒后,距试验场800千米的檀香山岛上的几百个防御警报器全部爆裂,瓦胡岛上的照明变压器被烧坏,檀香山与威克岛的远距离短波通信全部中断。

与此同时,在距爆炸中心投影点1300千米的夏威夷群岛上,美国军队的电子通信监视指挥系统也全部失灵。

是什么原因导致了灾难的发生呢?

事后科学家发现,"元凶"原来是核爆试验产生的高能电磁脉冲。

### 破译电磁波

电磁波是指迅速变化的电磁场在空间的传播,人类生活在电磁波的"汪洋大海"之中。电磁波辐射会对人体造成损伤,特别是会破坏电子设备,这是已被科学证实的。一些国家正在利用这一原理,研制威力巨大的电磁波武器。根据波长不同,电磁波通常可分为射频(无线电频谱)和光频两种。电磁波武器主要是指射频段的武器。电磁波武器具有发射速度快、全天候能力强和穿透性好等优点。

目前正在研制的电磁波武器有微波波束武器和电磁脉冲武器,又称"微波炸弹"和"电磁脉冲弹"。

微波波束武器是利用定向辐射的高功率微波波束来杀伤、破坏目标的一类武器。

## 电磁脉冲武器的攻击方式

电磁脉冲武器利用核爆炸或其他方法产生能量,其产生的能量相当于几十个闪电,可以破坏敌方雷达、通信系统和武器系统中电子设备等一类武器。

电磁脉冲武器对人的杀伤机理分为"非热效应"和"热效应"两类。非热效应是指当低强度微波照射人体时,造成人的生理功能紊乱,如烦躁、头痛、记忆力减退、神经错乱以及心脏功能衰竭等,从而导致这些人操纵的武器系统失控。

热效应是指在高功率微波照射下,人会产生皮肤灼热、白内障、皮肤内部组织严重烧伤和死亡等变化。苏联的研究人员曾把山羊当作"活靶",进行强微波照射试验,结果1千米以内的山羊顷刻间"饮弹身亡",2千米以外的山羊顷刻间丧失活动功能而瘫痪倒地。

电磁脉冲武器还可以破坏敌方武器系统中的电子设备,使其丧失作战效能。小功率电磁脉冲武器,可以干扰相应频段的雷达、通信和导航设备的正常工作;功率稍大的电磁脉冲武器,可使敌方探测系统、武器系统设备中的电子元器件失效或烧毁。

## 隐身武器的克星

武器装备的隐身主要是通过减少对雷达波的反射来实现的。隐身武器采用了能够吸收雷达波的材料,另外还在表面涂有能够吸收雷达波的涂料,使之达到隐身的目的。当隐身武器遇到强度比雷达波高出几个数量级的电磁脉冲武器的时候,情况就大不一样了。轻者瞬间被加热,导致武器损坏,人员死亡;重者会立即化为一缕青烟。而现有的普通武器装备主要由金属材料构成,它们对电磁波能量吸收较少,所以电磁脉冲

武器摧毁隐身武器要比摧毁普通武器容易得多。电磁脉冲武器一旦投入战场，必将成为多种隐身武器装备的"克星"。

随着新技术、新材料的不断发展，电磁脉冲武器在军事领域呈现广阔的应用前景。在未来战争中，电磁脉冲武器一旦投入使用，战场将会呈现新的变化，相应的防护装备及战法有待军事学家去探索、研究。

**知识链接**

功率的较大的电磁脉冲武器在攻击敌方武器装备时，可使金属表面产生感应电流，通过天线、导线、电缆耦合到卫星、导弹、飞机、舰艇、坦克、装甲车辆等内部，破坏其敏感元件。

# 战场上的氦气

郭正谊

在天空中飞翔,是人类自古以来的愿望。发现了氢气以后,乘坐氢气球在天空中飞来飞去,成了那时时髦的事情。氢气球越做越大,后来发展成为巨大的飞艇。

1891年,德国工程师齐柏林开始研制飞艇,他研制的第一艘飞艇艇身长128米,里面装有9910立方米的氢气。人们把这种飞艇叫"齐柏林飞艇"。

1914年,第一次世界大战爆发。德国先后制造了123艘齐柏林飞艇用于战争。为了防御飞艇,英法联军用高射炮发射燃烧弹来对付它。因为氢气遇火就会燃烧爆炸,飞艇只要被燃烧弹击中,立刻就会在天空中炸毁。

但是,1914年秋天,在法国北部的战场上发生了一件奇怪的事:一艘德国飞艇被英军的燃烧弹打中了,但它竟然没有起火爆炸,而是掉转头飞回去了。

这真是个谜!英国军部研究了好久,一直弄不清楚这艘飞艇为什么没有着火爆炸。

最后,英国军部接到了化学家特莱福的来信。他写道:"德国人发明了一种取得大量氦气的方法。这次用来填充飞艇的不是氢气,而是氦气。氦气也是很轻的气体,因此充氦气的飞艇获得的升力跟充氢气的飞艇差不多。但是在其他方面,氦气比氢气的优点大得多。要知道,氢气

很喜欢跟氧气化合,因此它很容易燃烧。氦气则不同,它不与任何东西化合,不能燃烧,它是惰性气体。如果德国的飞艇真是充氦气的话,那么燃烧弹没把它烧毁是不足为奇的。"

特莱福的话听上去很令人信服,但是从什么地方得到这样多的氦气呢?一艘飞艇需要用几千立方米的氦气,按照一般的方法,要得到这么多的氦气,就需要处理几万吨的放射性矿物,而德国是没有这些矿物的。由空气中提取吗?这就需要几百台制冷机不停地工作一整年,而在战争时期,这是不大可能办到的。

英国军部对这个问题十分感兴趣,召集了多个领域的科学家开会,提出寻找氦气资源的任务。他们研究讨论了很久,最后回想起1907年美国化学家开迪和马克发兰的一篇研究报告。

开迪和马克发兰在分析天然气成分的时候曾经发现,在堪萨斯州一个油井中开采的天然气,含有1.5%的氦气。但是当时没有人想到氦的实际应用,没有重视这个发现。现在,为了制造不会着火、爆炸的大飞艇,英国人又开始大规模地找氦气。最后,他们在加拿大开采的天然气中找到了氦气,于是建立了提取氦气的工厂。可是,等到几千立方米的氦气提取出来的时候,第一次世界大战已经结束了。

## 知识链接

在20世纪初,世界各国都在寻找氦气资源,在当时主要是用于填充飞艇。今天,尖端科学和现代化工业技术的研究和应用都离不开氦,而且用的常常是液态的氦,而不是气态的氦。液态氦把人们引入一个新的领域——低温世界。

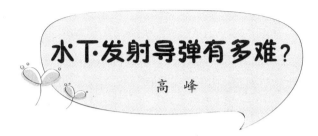

# 水下发射导弹有多难?

高峰

潜艇具有隐蔽性好、突击力强的特点,在战争中取得了骄人的战绩,一直被誉为"水下杀手"。而作为杀手"利刃"的潜射导弹,由于发射技术的复杂性和特殊性,一直是世界各国致力研究的关键。目前,世界上只有中国、美国、英国、法国和俄罗斯装备有战略核潜艇,并掌握了弹道导弹水下发射技术。此外还有很多国家也一直在积极谋求获得这种技术的能力,但罕有成功者。由此可见,水下发射弹道导弹技术的难度有多大。

潜艇在发射导弹时,一般处在离海面几十米的水中。发射瞬间存在着复杂的海情,对潜艇自身和导弹影响都十分大,而要保证导弹发动机在恰到好处的时机启动点火,更是难上加难。启动过早,发动机喷出的高温、高压烈焰会威胁潜艇安全;启动过晚,飞出水面的导弹有可能会因动力不足而落入水中。

潜射导弹要经过发射管发射、水下航行和出水三个重要阶段。导弹在水下发射时,需要考虑导弹的出管(鱼雷管或专用发射管)速度、导弹在发射管内的弹道、水中弹道和出水弹道等重要因素;导弹在水下航行时,需要考虑到浮力的影响;导弹穿越水面的一刹那,还将受到波浪的强大冲击。

要使潜射导弹具有摧毁目标的实战能力,还必须配备与导弹射程相适应的目标探测设施。对于水下发射的近程导弹,主要靠潜艇上的声呐

设备进行目标探测。但是对于远程导弹，仅靠潜艇本身现有的声呐探测设备不能满足要求，例如潜射"战斧"导弹，当目标离发射潜艇的距离超过100千米时，要采用区域搜索雷达、预警机和海洋监视卫星组成的综合探测系统探测目标。探测的目标数据传送给地面数据处理中心进行分析处理，再经过卫星传送至潜艇。俄罗斯SS-N-19潜射导弹采用的目标探测方式与潜射"战斧"导弹相似。潜艇与侦察机、直升机、陆基与海基探测器联合组网，将卫星获取的目标信息进行融合，解算目标数据，进行多路径的任务计划，控制导弹进行攻击。

## 知识链接

导弹是用制导系统来控制飞行轨迹的。它可以指定攻击目标，甚至可以追踪仅有目标动向的无人驾驶武器。其任务是把战斗部装药在打击目标附近引爆，再毁伤目标或在没有战斗部的情况下，依靠自身动能，直接撞击目标以达到毁伤效果。简言之，导弹是依靠自身动力装置推进，由制导系统导引、控制其飞行路线，并导向目标的武器。

# 纳米战争的威胁

[俄罗斯] 伊万·奇奇科夫

### 纳米竞赛已经开始

纳米技术的发展涉及军队的各个方面,小到军服、枪支,大到航天器和复杂的武器系统,无不用到纳米技术。首先,新的纳米技术可以用于现有的武器和技术装备,其性能和功能将因此大大改善。如可以利用纳米技术制造独特的材料、新的半导体和光学仪器、能发现生物武器的微型传感器、能力提高数倍的计算机……此外,应用纳米技术能大大降低成本,还能减轻食品装备的重量,降低能耗。

谁掌握了纳米技术,谁就能使地缘政治力量配置向有利于自身的方面转变,甚至比美国核武器更有威力。美国"氢弹之父"爱德华·特勒曾这样预言:"谁更早掌握纳米技术,谁就将占据21世纪技术的制高点。"

显然,这一领域的先驱者不仅将保持还将拉大与竞争对手的技术差距。正因如此,在获得难以企及的优势之前,领先者将千方百计地掩盖自己领先的事实。

### 纳米武器优势显著

据一些专家推测,2025—2030年,世界政治军事形势将由于纳米机器人的出现而发生改变。

第一,将出现武器系统的微型化,出现"隐形"武器及军队和军工企业的"无人化"。

第二,将暴露出其他武器不敌纳米武器的事实,核武器将丧失其作为遏制手段或战略优势的意义,纳米武器开始取代各兵种部队的传统武器。

第三,开展军备竞赛的能力将得到无限发挥。

第四,为世界大战的爆发创造出新的前提条件。

就破坏力来说,纳米武器将大大超过核武器。纳米武器能使整个地球"失去生命",也就是说,地球上的生物圈,甚至连细菌和病毒都无法存活。

纳米武器的出现将不仅改变战争的性质,还将为战争的出现制造新的条件。随着纳米技术的出现,核武器所具有的遏制或战略优势的意义将丧失。

纳米武器竞赛必将导致世界军事动荡。一国在制造纳米武器方面的显著优势,将促使其领导人决定先发制人,对可能的敌人实施不会遭到回击的打击,以把对手同样获得纳米技术施展的风险降到最小。

## 纳米杀手杀人无形

现代武装冲突中,只要摧毁对方的军事工业、通信设施和武器装备,就能取得战争的胜利。而在纳米技术时代,消灭对方的纳米技术实际上将是不可能的,因为具有自我复制能力的纳米武器将能够迅速地自我恢复。在这种作战条件下,人将成为最薄弱的环节,因而纳米武器将首先攻击敌人的有生力量。

能够潜伏在"携带者"体内并按照信号活动的纳米机器人,对开展大规模的、针对敌人有生力量的高精军事行动具有重大意义。

目前，微型机器人技术领域业已取得的成就，为制造开展局部破坏活动——首先是从肉体上消灭敌人最高领袖的微型装置提供了可能。可以让纳米机器人"打入"敌方高官体内，充当"纳米杀手"，对"携带者"施加影响，尤其是对其进行"恫吓"。

利用更复杂和多功能的纳米机器人，为完善"难以鉴定的谋杀"开辟了更为广阔的前景。这种纳米装置能够破坏重要器官的个别细胞，对神经系统的关键单元产生影响，从而引发"携带者"的死亡。

"纳米杀手"的一个主要特点是，它们能够在指定时间内严格按照设定的程序行动。这就是说，被攻击对象的死期已经确定。

## 纳米技术发展迅猛

2003年，美国国家航空航天局的专家证明，制造微型自我复制的计算机原则上是可能的。研究报告指出，能够自我复制的机器可能并不比现有的奔腾4芯片更复杂，据初步推算，制造出第一个自我复制的纳米装置大约需要20年。

从业已公开的信息来看，迄今世界上已为纳米机器人制造出几十个有效的纳米装置和部件。一些政府和非政府组织已正式设立并启动了各种分子纳米技术的开发项目。

将纳米装置用于医学的前景已成为广泛讨论的话题。第一代医学纳米机器人能够准确地把药送到人体内的患处，能清洗血管内沉积的胆固醇。世界上一些主要国家已研制出首批能直接在人体内发挥作用的纳米装置。可见，目前技术上已能够制造出极其微小、能够顺利完成指定任务的机器人，例如侦察、"定点破坏"和发动局部生物攻击等。

美国是纳米技术发展领域无可争辩的领先者。欧洲一些国家以及中

国、以色列、韩国、澳大利亚等国家也有类似项目。俄罗斯在这方面的研究也正在推进。

> **知识链接**
>
> 纳米是物理学上的长度单位,原称"毫微米",相当于4倍原子大小,比单个细菌的长度还要小。全世界的科学家都知道纳米技术对科技发展的重要性,所以世界各国不惜重金发展纳米技术,力图抢占纳米科技领域的战略高地。我国于1991年召开纳米科技发展战略研讨会,制定了发展战略对策。

# 战场上最优秀的特种兵——动物的反恐

北京的金

随着国际形势的日益复杂化，一些国家难以摆脱恐怖袭击的梦魇。有时，恐怖分子甚至会利用动物携带炸弹来进行恐怖袭击。其实，反恐部队也可以训练动物来进行反恐。与人相比，动物在某些方面的反恐能力更高，隐蔽性也更好。目前，一些国家已经训练出多种动物特种兵，它们正逐步参与到反恐战争之中。

### 让宠物狗担当反恐卫士

我们都知道，狗的鼻子要比人类的鼻子灵敏得多。那么，为何不让你家的宠物狗来充当自己的反恐卫士呢？一条经过训练的狗可以有效地闻出炸弹的气味。近年来，斯里兰卡警方呼吁大众捐献出自己的宠物狗，以帮助国家遏制恐怖主义。同时，一些警察机构也帮助人们训练宠物狗，让它们帮助人们躲避炸弹袭击。斯里兰卡警方表示，对宠物狗进行反恐训练的最佳年龄是半岁到2岁之间。这些普通的宠物狗经过大约1年的训练后，可以识别爆炸物、搜寻地雷、嗅出毒品和追捕犯罪嫌疑人。居民捐献给警方的狗的服役期最长为8年，之后将会退休，交还给它们原来的主人。

普通品种的狗的嗅觉能力还是有限，不少宠物狗丧失了敏锐的嗅觉能力，难以嗅出较为隐秘的爆炸物或者一些新型爆炸物。于是，科学家经过25年的试验，将来自亚热带地区的高加索豺狗和来自北极地区的爱

斯基摩狗进行培育杂交，培育出一种嗅觉能力超群的杂交狗。这种新型杂交狗嗅觉十分灵敏，是其他狗嗅觉能力的50倍。这种杂交狗可以探测出千米之外的三硝基甲苯（TNT）炸药，在主人靠近这些炸药之前及时发出警报。即使炸弹此时爆炸，也难以伤害到千米之外的主人。

### 老鼠探测炸弹能力优于狗

在动物界，狗其实并不是嗅觉最灵敏的动物，老鼠的嗅觉能力就比狗强得多。研究表明，老鼠可以嗅出几十种不同的气味，也可以从几千种其他气味中区分出这些特定的气味。让老鼠探测隐藏的炸药只需3—6秒，而狗做同样的事要花费至少1分钟。那为何警方用狗较多，而很少用老鼠呢？主要是老鼠比狗难以驯化。目前，科学家正在想办法利用老鼠的灵敏嗅觉去探测炸弹。

以色列研究人员想出的办法是把老鼠关在一个箱子里，当它们闻到炸药时，就会惊慌失措，企图逃窜而引发报警装置。研究人员也根据这个原理开发出老鼠嗅觉探测器，可用于机场、购物中心等公共场所的安检。根据测试，老鼠探测炸弹和毒品的能力比狗和X光还好。老鼠不像狗那样会凑近被检测的人和物品接触，这样不会引发被检测者的反感。

坦桑尼亚索科因农业大学的研究人员发现了冈比亚鼠的搜爆天赋。冈比亚鼠体型较一般老鼠大，和小猫差不多。它们的寿命也比一般老鼠长，通常可活到8岁。冈比亚鼠非常聪明，比一般老鼠容易培训。冈比亚鼠能够发现50米内的路边炸弹地雷。另外，由于冈比亚鼠与狗相比，体重较轻，搜爆时即使踩踏上炸弹或地雷，也不会将炸弹引爆。这些先天优势，使冈比亚鼠注定成为杰出的"搜爆专家"。

## 海豚和海狮担当水下反恐卫士

2010年5月,美国在加利福尼亚州沿岸举行"金色卫士"反恐演习,海豚和海狮也加入其中,成为"反恐战士"。在这次演习中,海豚飞快地发现潜藏在水下的"恐怖分子"后,马上给"恐怖分子"的脚上戴上一个铁环,借助该装置能迫使"恐怖分子"浮出水面。另一头海狮在不到1分钟的时间也找到了一枚水雷。

海豚十分聪明,可以被训练做潜水员不能做的事。如再优秀的潜水员也不可能在短时间内连续深潜几十次,海豚却可以轻而易举地做到,而且不会得潜水病。海豚不仅能承担排除水雷的任务,还能当"水下摄影师",携带摄像机在水下巡逻,悄无声息地拍摄恐怖分子的水下活动。反恐海豚一般服役25年,接受训练的时间为5年。

与海豚相比,海狮的动作更加灵活。它们会叼着配有特殊绳套的长绳子潜水。当发现水下有可疑潜水员后,它们能巧妙地把绳索套在对方的一条大腿上。这样,巡逻人员就能把那个"套中人"拖到岸上进行审讯。在海豚发现水雷之后,协同作战的海狮会携带特殊工具驱逐这些水雷,令水雷不能伤到反恐舰艇和人员。与海豚相比,海狮更能适应海湾的高温天气,追踪敌人时也更持久。

目前,美国海军有多头在编的海豚和海狮。除了部署在美国东部佐治亚州的海军潜艇基地外,其他的都在太平洋沿岸的圣地亚哥军港服役,有时会根据需要,调派到其他海域服务。

有关专家指出,与水下作业机器人相比,聪明的海豚和海狮永远不会因"没电"而失去动力,也不会在水中迷失方向,而且它们的学习能力很强。

**知识链接**

特种部队,指在大多数国家中受到特别及高强度训练的军事单位,执行一些专门任务如侦察、非传统战争以及反恐等。特种部队人员精干、装备精良、机动快速、训练有素以及战斗力强。一般认为特种部队最早起源于德国,也有人认为起源于日本。

# 天外来客会不会撞击地球？

高峰

在众多的星球中，唯独地球身披蓝色，显得那么美丽、宁静而又生机勃勃。但是，这个充满生机的地球，有没有可能与其他星球相撞，遭到"飞来横祸"而毁于一旦呢？

随着人类对宇宙空间了解的增多，发现的太阳系小行星和彗星多到数以亿计，它们多次向地球撞来，使地球屡遭不测。人类从蒙昧中醒悟过来，惊呼地球正处在星际大碰撞的危险之中。

## 木星上的星际大碰撞、大爆炸

人类之所以必须密切关注星际碰撞，是因为这种碰撞爆发的能量之大和造成的破坏之严重，都是毁灭性的。这是地震、海啸和飓风等不可比拟的。彗星和木星间发生的大碰撞就是人类亲眼所见的一个生动的例子。

木星是太阳系的八大行星之一。按照与太阳的距离由近及远的排列，它排在第五，地球排在第三，两者之间仅隔一个火星，可谓近邻了！可就是木星这个近邻，1994年遭到一次天外横祸——与一颗彗星相撞，发生了令人恐怖的大爆炸。

从1994年7月17日3：30分起，一颗名叫"苏梅克—列维9号"的彗星，在木星引力的撕扯下分裂为21块碎片，并逐个与木星相撞，至7月22日16时才结束。这是人类历史上迄今为止在太阳系里首次观测到的星球

相撞事件，是20世纪惊心动魄的天文奇观。21块碎片在天文学家预定的时间与地点，以每秒60多千米的速度撞向木星。木星大气因与彗星摩擦产生高温而燃烧，温度高达10000℃。木星上遍布巨大的火球和腾空而起的蘑菇云，抛射物冲上数千千米的高空。在天文望远镜里观测到被彗星撞击过的木星的表面留下一个巨大的暗斑状创面。天文学家在7月22日19时15分，从南京紫金山天文台的望远镜里遥望木星时，清楚地看到木星上两个巨大的暗斑。据天文学家介绍，其中一个暗斑直径达3万多千米。

这次彗木相撞释放的能量更是惊人！每颗直径为2千米的碎片撞击木星，就可释放出相当5万亿吨TNT的能量。而这次撞击木星的直径在2千米以上的碎片就有6颗，此外还有15颗较小的碎片。据专家测算，这次撞击产生的总能量相当于几十万亿吨TNT，也相当于几十亿颗美国1945年投到日本长崎的被称为"小胖子"的原子弹所释放的能量总和。

### 地球会在一次大碰撞中毁灭吗？

人们在惊悸之余自然会问：木星上发生的一幕也会在地球上上演吗？地球会在一次大爆炸中毁灭吗？科学家的回答是：由于地球和木星同是围绕太阳公转的行星，不能排除有朝一日会发生某颗小行星或彗星撞击地球的危险。一旦此类事件发生，其后果是不堪设想的。

事实上，人类已经多次走到毁灭的边缘。

1937年10月的一个夜晚，当人们沉睡的时候，一颗小行星悄悄地从地球身边擦过。人们只是事后从天文望远镜的照片中才发现这一危险。德国海登堡天文台的天文学家卡尔·利斯及其他天文学家将这颗小行星命名为"海木斯"，其直径为1073米，飞行速度为每秒22千米。如果它与地球相撞，那么将会释放相当于1000亿吨TNT的能量，也就是相当于在地球上引爆500万颗投在广岛那样大小的原子弹。

1989年3月底，一颗小行星差点与地球相撞。后来这颗小行星被命名为"1989FC"，它的直径为1600米。如果它晚6个小时穿过地球公转轨道，那就正好与地球相撞。如果不幸成为事实的话，那么地球将会到处是熊熊烈火，连续高温，地震、海啸此起彼伏。可怕的类似"核冬天"的惨景也会出现：地球被厚厚的尘埃和浓烟所笼罩，见不到太阳，大地一片漆黑。气温急剧下降，洪水泛滥成灾，飓风肆虐，大批动植物被冻死。人类也将面临灭顶之灾。

多年来，关于小行星撞击地球的警告不绝于耳。2006年12月24日，英国《星期日泰晤士报》报道，一颗名为"阿波菲斯"（希腊语，意为"毁灭之神"）的小行星已经进入了美国国家航空航天局的视线。这颗小行星将于2029年运行至离地球只有3.5万千米处，在地球引力的作用下很有可能撞向地球。

另外，"弹子游戏效应"增加了小行星碰撞地球的机会。在火星与木星之间有一个小行星带，小行星互相撞击之后，有可能掉到距地球更近的一条轨道上，这就是"弹子游戏效应"。由于弹子游戏效应，使很多小行星不断来到地球附近的轨道上，这样就大大增加了它们与地球相撞的机会。

### 科学家在设法拯救地球

不断发生的天体撞击事件，引起了科学家的密切关注。人类再也不能漠视自己面临的危险了。1993年5月，一个国际专题讨论会在意大利召开，并通过了关于小行星、彗星撞击地球危险性的《埃里斯宣言》。这标志着科学家已行动起来，正在运用自己的学识来拯救地球。

作为拯救工作的第一步，就是加强对天体的观察，对潜在的危险天体逐个记录在案，并监视其运行情况，一旦它们危及地球，人们便有充

分的时间来实施拯救方案。

怎样避免小行星和彗星撞击地球呢？这是一个难题，科学家在这方面的工作才刚刚开始，1994年全世界科学家相互合作，成功地组织了对木彗大碰撞的预报与观测。随着科技的进步，人类一定会有更多的办法来拯救地球和人类文明。

**知识链接**

中国科学院院士、中国探月工程首席科学家欧阳自远一次学术报告会上说，小行星撞击地球是世界上四大突发巨大灾难之一。地球历史上的多次生物灭绝事件可能是由小天体撞击所诱发的。

## 激光武器：骇人的"死光"之剑

张 楚

美国新墨西哥州白沙导弹试验中心，戒备森严。

试验场上，一门新式"大炮"格外引人注目，"炮筒"粗短，空洞洞地朝向天空。这时，一枚被当作标靶的远程导弹从天空呼啸而来，指挥人员立即下达发射命令："开火！"霎时间，"炮筒"里射出一束强光，一下子射中了疾飞的导弹。只听"轰隆"一声，导弹被摧毁了。

3天后，以色列国防部宣布，以色列与美国联合研制的"鹦鹉螺"移动战术高能激光器首次成功击落了飞行中的远程导弹。这种"鹦鹉螺"激光器将在未来成为"爱国者"导弹的替代品，是反弹道导弹的又一利器。

"给我一个支点，我可以撬动地球"，古希腊科学家阿基米德的这句话至今仍被传颂。相传2000多年前，他就成功地用"镜子反光原理"击退了罗马舰队，因而有人称他为"光学武器之父"。

第二次世界大战期间，对各种新奇武器有着独特偏好的希特勒，想要利用凸透镜聚光产生高温的原理制造杀人武器"太阳炮"。在希特勒的设想中，太阳炮利用凸透镜集中的太阳光束能将敌机熔化。二战后，美军虽然没有找到"太阳炮"设计图，但找到了设计计划书等档案，足以证明德国确实研制过"太阳炮"。

在1982年的英阿马岛战争中，英国人制造出了"激光炫目瞄准器"，并投入了实战。一天，两架阿根廷军队的"超级军旗"式战斗机飞临英

国军舰上空，准备投弹空袭。忽然，一道强光闪过，两名飞行员顿时感到眼前一片模糊，急忙掉转机头，勉强返回基地。

无论是阿基米德的反光镜、希特勒的太阳炮，还是英国人的炫目瞄准器，相对于正在秘密试验中的激光武器，都只能算是"小儿科"。即使美国和以色列联合研制的激光反导武器试验成功，这似乎也只是一个小小的信号。

自1960年美国科学家成功研制出世界上第一台红宝石激光器以来，各个军事强国都在激光武器领域展开了激烈的角逐。因为大家都知道，激光武器系统在未来战争中意味着什么。

与传统的防空系统和反导系统相比，激光武器系统具有一系列优势：快——光的速度是30万千米/秒，高能激光武器打击任何目标均无须计算射击提前量，可以即瞄即打即中；稳——激光武器不存在被干扰的缺陷，能在极为复杂的电磁环境中顺利执行任务；静——激光武器射击时，无后坐力，无声响，能隐蔽地连续射击；省——激光武器的每次发射费用低廉，其成本仅相当于一枚"爱国者"导弹的1／300。

有些国家在研制大型高能激光武器的同时，也将激光技术延伸到了轻便枪械上。俄罗斯科学家已经研制成功了一种轻便式激光武器，取名"溪流"。这种小巧轻便的激光武器重量仅有300克，长度只有15厘米，外表就如普通的手电筒。"溪流"可以暂时将人击晕，但不会导致人失明或者致死。

2002年，在车臣战争中，一名俄罗斯女记者被车臣非法武装绑架。俄罗斯军队动用了特种部队营救，当时被绑架的女记者全身被绑上了好几枚手榴弹，随时可能遭遇不测。于是，特种部队士兵便使用了这种轻便式激光武器。一名士兵在几百米外瞄准发射，刹那便击晕了武装分子，埋伏在周围的特种部队立刻一拥而上，成功解救了女记者，并活捉了被击晕的武装分子。

如果激光武器真的在太空中出现，那将会给人类带来极其可怕的后果。它就像一支隐蔽在太空中的"暗箭"，地面上的目标毫无遮拦地裸露在它的视野中，它几乎可以在瞬间打击并摧毁任何一个地面目标。

激光武器是武器装备发展历程中继冷兵器、热兵器和核武器之后的又一个重要里程碑。今后，激光武器如果被部署在太空中，那么人类的头顶上除了"核弹"的阴影，还将多一把"死光"的利剑。通往世界和平的道路将更加坎坷。

### 知识链接

激光武器是一种利用沿一定方向发射的激光束攻击目标的定向能武器，具有快速、灵活、精确和抗电磁干扰等优异性能，在光电对抗、防空和战略防御中发挥独特作用。激光器分为战术激光武器和战略激光武器两种，它是一种常规威慑力量。由于激光的飞行速度是光速，所以在使用时一般不需要计算提前量，但激光武器的使用易受天气的影响。

# 第二辑
# 天体的奥秘

　　茫茫宇宙，起于何处？浩瀚天宇，止于何方？天体的奥秘，能否揭开？千百年来，人类探索宇宙、揭开天体奥秘的热情一浪高过一浪，人类探索宇宙的脚步从未停息。

　　从宇宙起源的假说到人类登月的实践，我们已经取得了可喜的成果，但我们未来的路依旧漫长！

# 地壳的观念

李四光

人们都以为我们住在地壳的表面,实际上我们并非住在地面,而是住在地中。我们的头上还有一层空气压着我们,包着我们。这层气壳的厚度,大致在三四百千米以上,不过愈向上走,气壳的密度愈小,压力也愈小,高到四五十千米的地方,气压已经比1厘米水银柱的压力还小。我们住在气壳底下,正和许多海洋生物住在海底,抑或蚯蚓之类住在土中相类。气壳的组成,并非上下一致的。下部氧气较多,所以生物得以生活。愈往上走,氮气愈多,到100千米以上,几乎完全是氮气。再上氦气,更上氢气成了主要的成分,严格地讲起来,这一圈大气,要算是地球的皮表,不算是地壳,因为流质的关系,人们普遍不认为它是地壳。我们不独不认大气层为地壳,连那海洋也不认为地壳的一部分。

实际上所谓地壳者,虽无严密的定义,然大致可说是指地球上部由普通岩石组成者而言。普通人所见者,只是岩石层的表面。地质学家所见者,也不过从最新的地层到最老的地层以及各种所谓火成岩,一名凝结岩。那些极新的地层到极老的地层在一个地域总共的厚度,至多也不过20千米。然则我们怎样知道地下还有类似地表的岩石?又怎样知道这些岩石往下伸展到一定的厚度?更怎样知道地下是固质、液质抑或气质形成的?这些问题如果都是悬案,我们有何理由说出地壳的名词。

然而地壳这个名词,久已被人用了。地壳上的人们,不见得对于地壳有极明显的了解。只是揣想着地下的材料总和地表露出的材料不同。

这种观念的发动,大约一面受了星云学说的影响,一面又因为火成岩和地温的分配,似乎地下愈到深处,温度愈高,若温度超过一定的限度,一切的固质,不免变为流质,火山爆裂,岩流迸出,骤然一看,似乎都可以作流质地球的证据。而所谓地壳者,正如蛋壳包着卵白卵黄。可是天体力学者告诉我们,这样鸡蛋式的地球,是不能成立的。如果地球是像鸡蛋式的构造,那它早已受不起旋转和日月吸引的力量,它决不能成现在这样的形状。

　　传统思想,如此的混沌。因之,对于地壳这一个名词,我们不敢任意接受。我们如若还想利用这一个名词,就不能不作进一步的追求。且看我们能否替它找出相当的意义,地壳的命运,就决定于这些。我们没有方法去打极深的地洞,看里面的情形。现在世界上用人工凿出最深的地洞,也不过2千多米。地球如此之大,就是再凿穿2千米,也算不了一回事,况且愈到深处,工作的困难,增加愈多。我们还要知道世界上有许多的事物,我们尽管能看见,能直接地感触,我们不见得就能认识,就能了解。观察是一回事,了解又是一回事。所以要看地球内部的情形,不能用肉眼,只能用"智眼",不能直接地检查,只好用间接的方法探视。间接的方法,可分为下列几项,当然,仅就重要性而言:①地温;②岩石的分配;③地震;④均衡现象。

　　依前述种种观测判断,地球的表面,除了大气层和海洋之外,确有较轻的岩石组成地壳。在大陆方面,地壳可分为两层,其间界限,不甚清楚,一层里壳一层表壳,表壳由酸性岩石,如花岗岩之类形成。里壳由基性岩石如玄武岩之类形成。在海洋方面,尤其是太平洋方面,似无表壳,只有里壳。大西洋为一个新成的海洋,所以情形稍有不同。

　　表壳的厚度,至少有15千米,也许到20千米以上。里壳的厚度,大致与表壳相等。两壳总共的厚度至少有30千米,也许厚度达45千米。这

是就普通的厚度而言。在特别的地方，它的厚薄，也许不是完全一致，不过不能超过此限太远。地壳以下，便是极基性而且甚重的岩石，与形成地壳的材料、性质颇有差异，现在我们所知道的情形，如是而已。

知识链接

地壳是地质学专业术语，指地球固体圈层的最外层，岩石圈的重要组成部分。通过地震波的研究判断，地壳与地幔的界面为莫霍洛维奇不连续面（莫霍面）。

# 宇宙空间究竟有多大?

张太平

宇宙的空间究竟有多大?

科学家们做了一个形象的比喻:我们先将太阳想象成一个南瓜,那么,我们的银河系大约是用2500亿个南瓜堆成的;而无数个这样的南瓜堆又分布在一个假想的"空心球"里,也就是说,宇宙这个"空心球"是由数以亿计的星系组成的,其中每个星系、每个星体以及地球上的每个人,都是"空心球"的组成部分。这个"空心球"就是宇宙。

既然是"球",它的外廓应该是封闭的。基于这样的认识,爱因斯坦于1917年用广义相对论研究宇宙时,提出了现代宇宙学的第一个宇宙模型理论。他认为这是一个"静态、有限、无界"的封闭宇宙。"静态"是指,这个模型里的物质基本上都是静止不动的,因此是静态模型;"有限""无界"是指,宇宙空间是三维的,它的大小有限,有一个有限的宇宙半径,光线在这个空间中沿着弯曲路径传播,始终不会有它的终点,即这个空间没有边界。

但爱因斯坦这种静态的宇宙模型理论,与星系红移理论是相矛盾的。那什么是星系红移呢?红移是指星体光源的频率不变的条件下,观测点观测到的频率发生了变化。换句话说,星系离我们而去的时候光谱发生的红移现象,叫做"星系红移"。这种理论认为,宇宙间的一切物质都处在运动之中,遥远的星系也在运动着,它们都在远离我们而去。由于星系离我们非常遥远,每个星系往往只能在大望远镜拍摄的底片上看

到一个微弱的光点而已。第一个测定星系光谱的天文学家是美国洛韦尔天文台的斯里弗。1912—1925年，他拍摄了40多个"星云"的光谱照片，结果表明许多光谱都具有红移现象，表明这些"星云"在朝远离我们的方向运动，其离去速度高得惊人，最高达5700千米/秒。不过后来人们知道，这些"星云"实际上是类似银河系一样的星系。

1929年，美国天文学家哈勃对河外星系的视向速度与距离的关系进行了研究，当时只有46个河外星系的视向速度可以利用，而其中仅有24个有推算出的距离，哈勃得出了视向速度与距离之间大致的线性正比关系，即星系离我们的距离越远，视向的速度越大。也就是说，越远的星系正在以越快的速度飞驰而去，这被称为"哈勃定律"。

在宇宙学研究中，哈勃定律成为了宇宙膨胀理论的基础。这些星系为什么会远离我们飞驰而去？因为宇宙处在不断地膨胀过程中，这种膨胀是一种全空间的均匀膨胀。因此，在任何一点的观测者都会看到完全一样的膨胀，并且这种膨胀几乎可以以任何速度进行。随着时间流逝，由于宇宙的整体膨胀，所有的星系将离我们越来越远，直到最终留给我们一个空寂的空间。

实际上，至今没有人知道宇宙究竟有多大。目前流行的观点是，宇宙是无限的，但有某种边界的，一个直径约为930亿光年的球体。也就是说，如果你从这个点出发旅行，最终将回到你出发的地方，就像在地球上那样，类似在一个球体的表面旅行。

## 知识链接

宇宙是万物的总称，是时间和空间的统一。在中国古代，人们认为"往古来今谓之宙，四方上下谓之宇。"

# 宇宙起源之谜

张太平

仰望星空，我们眼前这个浩渺无际的宇宙，究竟有没有开始呢？如果有开始，那么它又是怎么诞生的？自从人类会思考，这个谜一直伴随左右，至今未解。

非洲人有他们自己的想法，譬如中非Boshongo人的传说是这样的：世界太初只有黑暗、水和Bumba（上帝）。一天，Bumba胃痛发作，呕吐出太阳。太阳灼干了一些水，留下土地。他仍然胃痛不止，又吐出了月亮和星辰，然后吐出一些动物，如豹、鳄鱼和乌龟等，最后是人。

中国人的想象力更加丰富，古代中国人认为天地是盘古开辟的：太古时候，天地不分，整个宇宙像个大鸡蛋，里面混沌一团，漆黑一片，但大鸡蛋也有一个中心，他就是人类的始祖，他的名字叫盘古氏。盘古氏在鸡蛋中足足孕育了一万八千年，终于醒了过来。他睁开眼睛，只觉得黑乎乎的一片，他想站起来，但蛋清紧紧地包裹着他的身体，盘古发起怒来，抓起一把与生俱来的大斧，用力一挥，只听得一声巨响，大鸡蛋破裂了，然后，鸡蛋中轻而清的东西向上不断飘升，变成了天，另一些重而浊的东西渐渐下沉，变成了大地。

盘古开辟了天地，担心天地重新合拢在一块，就用头顶着天，用脚踏住地，他每天增高一丈，天也随之升高一丈，地也随之增厚一丈。这样又过了一万八千年，盘古已经成为一个顶天立地的巨人，身子足足有九万里长。这时，盘古感到天地再也不会合拢，才放下心来，他用尽了

力气,巨大的身躯轰然倒塌。盘古死后,他的左眼变成了太阳,右眼变成了月亮,呼出的最后一口气变成了风云,发出的最后声音变成了雷鸣,他的头发和胡须变成了闪烁的星辰,头和手足变成了大地的四极和高山,血液变成了江河湖泊,筋脉化成了道路,肌肉化成了肥沃的土地,皮肤和汗毛化作花草树木,牙齿骨头化作金银铜铁、玉石宝藏,他的汗变成了雨水和甘露。从此有了世界。

到了20世纪,出现了两种新的理论,一是稳态理论,一是大爆炸理论。

稳态理论是20世纪40年代由英国天文学家霍伊尔、邦迪和戈尔德等人提出的。他们认为宇宙不需要一个开端或结束,宇宙间的星体、星体密度以及星体的运动都处在一种稳定状态,一些星体在某处慢慢湮灭,在另一处则以恰当的速度不断创生,从而使宇宙中的物质密度维持不变。这种状态从无限久远的过去一直存在至今,并将永远地继续下去。

被今天大多数科学家接受的是"大爆炸宇宙论"。1927年,比利时数学家勒梅特提出:宇宙起源于一个单独的无维度的点,即一个在空间和时间上都无尺度却包含了宇宙全部物质的奇点。用一句形象的话来说,最初宇宙的物质集中在一个超原子的"宇宙蛋"里,这个"宇宙蛋"就是这个奇点,137亿年前,在一次无与伦比的大爆炸中,"宇宙蛋"分裂成无数碎片,形成了今天的宇宙。

1929年,美国天文学家埃德温·哈勃发现,不管你往哪个方向看,远处的星系正急速地远离我们而去,这个速度与它们和地球的距离成正比。也就是说,离我们越远的星系,其远离的速度越大,星系之间的距离也越来越大。远离的过程,其实正是宇宙不断膨胀的过程。反过来说,在宇宙诞生初期的时候,星体之间应该是比较靠近的。所以哈勃的发现,也是支持"宇宙大爆炸"理论的一个佐证。

1948年,在"宇宙大爆炸"理论基础之上,俄裔美籍物理学家伽莫夫又提出"热大爆炸"的观念,他认为这个创生宇宙的大爆炸不是由一个明确的点开始的,而是一种在各处同时发生、从一开始就充满整个空间的那种爆炸。

物理学家斯蒂芬·霍金预言:宇宙只有两种结局,要么永远地膨胀下去,要么会塌缩而在大挤压处终结。

综合起来看,从古到今的有关宇宙起源的种种猜想,是在逐步接近真理,但是,真正的定论离我们依然遥远。

**知识链接**

霍金是剑桥大学著名物理学家,他主要研究宇宙论和黑洞,证明了广义相对论的奇性定理和黑洞面积定理,提出了黑洞蒸发现象和无边界的霍金宇宙模型。霍金被誉为"继爱因斯坦之后最杰出的理论物理学家"。

# 地球的特点、规律和状况

[美] 房龙

古代的人们深信：地球是一个小小的黑色物体，孤独地悬浮在宇宙中心。

地球不是真正的圆球，它两极稍扁，呈椭圆形。什么叫"两极"呢？如果你用一根毛衣针笔直地从苹果或橘子的正中心穿过，穿出的两个洞就是苹果或橘子的两极了。地球的两极，一个是北极，位于大海之渊；另一个是南极，位于高山之巅。什么叫两极"扁平"呢？因为地球的赤道直径要比两极间的轴线长1/300。物理学知识告诉我们，哪怕是一粒灰尘在自转，它的两极也会自然扁平的。所以验证这个事实，就并不需要你成为极地探险家，去做实地考察了。

我们称地球为行星。这个词是希腊人发明的。他们很早就观测到，有的星星在天空不停地转动，有的则静止不动。于是，他们将前者称为"行星"或"流浪星"，后者称为"恒星"。其实恒星也在运动，只不过希腊人是用肉眼观察天空，没有望远镜，所以观察不到恒星的运动。星星这个词悦耳动听，它和梵语"点缀、播、撒"有关，的确，夜晚的天空中闪烁着点点繁星，好似无数朵火苗点缀着天空，是多么美丽迷人的景象啊。

地球不仅自转，而且围绕着太阳转动。太阳的体积庞大，表面温度高达6000℃，是地球上光和热的源泉。

古代的人们认为：地球是宇宙的中心，是被汪洋大海包围的一小块陆地，孤立地悬浮在空中，好似断了线的风筝。当时只有极少数的希腊天文学家和数学家敢于提出质疑。几个世纪过去了，经历了艰难而又执着的探索，先知先觉者得出一个结论：我们脚下的土地并非一个圆盘，而是一个球体，它没有静止地悬浮于空中，更不是宇宙的中心。相反，它快速地围绕着太阳转动。

而行星无一例外地围绕着太阳转动，它们和地球同属于太阳系，沿着各自的轨道有条不紊地运行。

教会于4世纪初执掌大权后，如果有谁敢宣称地球是圆形的，他将会被送上宗教法庭，为自己的言行付出生命的代价。我们没有必要苛求教会，因为那些最早皈依基督教的人大多愚昧无知，他们深信世界末日即将到来，而耶稣为了拯救自己的子民，将在一片荣光中重返地球——他的受难地。如果地球是圆的，那么耶稣岂不是要东奔西走，一会儿到东半球，一会儿到西半球？这种想法简直是亵渎圣灵，大逆不道。

然而随着时间的流逝，基督教的信徒们不得不接受了地圆说。大约到了15世纪末，地圆说已经得到了全世界的认可，因为它建立在古往今来的事实观察基础上。

第一，当我们靠近一座高山或一艘轮船时，先跃入我们视野的总是它们的顶部，然后它们的全貌才一一现出。这是无可置疑的事实。

第二，不管我们身处何方，我们的视野范围总是圆形的。当我们乘坐热气球升到空中，或者我们登上高塔时，因为视野开阔了，所以我们看到的范围也变大了。只有地球是圆形的，我们的视野范围才是圆形的，如果地球是方形或三角形的，那么地平线也应该是方形或三角形的。

第三，发生月偏食时，月球上出现的地球阴影是圆形的。物体什么样，影子就是什么样，这是常识。

第四，既然其他行星和恒星都是圆球，为什么地球要与众不同？

第五,麦哲伦的船队从西向东航行,最终回到了他们的始发地,还有库克船长也是率领探险队从西向东航行,最后的幸存者也回到了朝思暮想的祖国。这还不能说明问题吗?

第六,当我们向北极进发时,我们头顶的星座接二连三地消失在地平线上,而我们向赤道方向前进时,那些星座又会越升越高。

所有的事实都指向一个真理——地球是一个圆球体。

地球有两个近邻,一个是太阳,一个是月亮。每隔24小时,太阳就向地球上大约1/2的生命提供光和热。月亮没有太阳那么炽热明亮,然而它的力量也不可小视。

太阳很大,月亮很小,地球的大小介于两者之间。如果把太阳比作一个直径为1米的圆球,地球就是一粒豆子,而月亮只有针尖大小。虽然月亮很小,不过相比于太阳,它离地球的距离要近得多,所以它对地球的引力也非常可观。

假如地球上全是山石,那么月亮对地球的引力则微不足道。可是地球上约3/4的表面都覆盖着海洋,而海洋则会随着月球的转动潮起潮落。

我们用"潮汐"来描述海水的运动。在银色的月光下,一条宽约数百千米的水带奔流不息,一旦它涌入海湾、港口,就像咆哮如雷的野兽,激起数十米高的巨浪。而当月球与太阳同处一个方向时,对海水的引力就更为强大。

地球的上空有一层大约480千米厚的氮气和氧气,这就是空气。空气好比橙皮,地球好比橙肉,它们密不可分,一起转动着。

大气层、地球表面和海洋就像一个巨大的实验室,风暴、雷电和干旱等各种各样的气候都在这里诞生,左右着人类的生活。

有3个要素影响气候的变化,它们分别是土壤的温度、盛行风和空气的湿度。

风和人类文明的进程息息相关。要是没有热带海洋盛行的信风，美洲大陆的发现就得等到汽船的发明；要是没有湿润的和风，美洲的加利福尼亚和地中海沿岸地区绝不会像现在这么繁荣；还有那些随风而来的飞沙走石，它们的力量非同小可，能将最险峻的山峰夷为平地。

风是什么？它是一股迂回前进的气流。气流为什么会迂回前进？因为温度高且轻的空气会上升，所以它的下方就会产生一个真空带，就像古希腊人说的"大自然讨厌真空"，较冷且重的空气将乘虚而入，及时填补这个真空带。空气就这样流动起来。

太阳照得空气变热变轻，热空气不断上升，一直升到地球的上方——大气层里。在这里，空气温度开始下降，冷却的空气渐渐变重，重新回到地面；空气离地面越近，它离太阳的距离也越近，于是它不由自主地再次变热变轻，升回到高空。空气就这么周而复始地运动着，直到夕阳西下。

天黑了，没有太阳的光芒，地球为什么没有变得寒冷呢？这是因为我们赖以生存的大地白天也吸收了太阳的热量，夜晚大地将热量释放出来，温暖着周围的环境。地球上的土壤、沙石、树木以及水，它们都会吸收热量、散发热量。不过它们有的吸热快、散热也快，比如沙石，而有的则恰好相反，比如水。所以太阳落山后，广袤无垠的沙漠会很快变得寒气逼人，而水汽丰润的森林依然温暖舒适。

善于思考的朋友肯定会有一个问题，按照离太阳越近温度越高的原理，那么地球的上方——大气层，离太阳的距离难道不是比地面要近吗，为什么大气层的温度比地面要低呢？答案在于，大气层的热量来源于地球表面，是地球储存了太阳的热量，然后再一点点地向大气层输送。所以高山之巅永远是白雪皑皑，因为离地面越远，山峰获得的地面热量就越少。

我们常说空气，其实空气并不是"空"的，它里面有许许多多的东西，而且这些东西分量还不轻，它们一层压一层的，所以最底下的那一层被压得都快喘不上气了。如果我们不时刻呼吸，好让我们身体内也充满空气的话，我们肯定会被压得像一片叶子。

17世纪有一个科学家名叫托里拆利，他是伟大的科学家伽利略的学生。他发明了一个仪器，叫气压表。气压表能够让我们随时随地测量出空气压力的大小。好奇的人们用气压表做了很多实验，结果发现随着海拔的升高，气压会下降。

一些物理学家和地理学家开始思考，气压的高低是不是和盛行风的方向有什么关系？于是他们日夜钻研，甚至花了几个世纪的时间来搜集数据，总结规律，最后他们终于得出一个结论：地球上不同的地区气压不同，而风总是从气压高的地区吹向气压低的地区，风的强度和速度决定于两个地区的气压对比度。现在你明白为什么会有暴风、飓风甚至龙卷风了吧，因为高气压区的气压太高了，而低气压区的气压又太低了。

俗话说，通风透气。风让空气循环流动，让我们时刻呼吸到新鲜的空气，不过这并不是风唯一的好处。吹来吹去的风带来了降雨，而水则是生命的源泉。

地球上的水分布很不均匀，大洋、内陆海和内陆雪原的水量很多，当空气受热上升时，正巧和水受热上升后形成水蒸气的过程合拍，热空气和水蒸气不分彼此地融会在一起。当空气变冷后，水蒸气遇冷凝结，变成了雨、雪或者雹，降落到地球表面。

降水与风的关系就是这么密切。假如一道山脉阻隔了沿海地区与内陆，那么沿海地区就会湿润多雨，因为高山地区气压低，风在这里被迫升高了，湿润的风在高空变冷后，水蒸气也就凝结成雨，纷纷洒落地面。

等湿润的风好不容易吹到山的另一面，它早已毫无水分，成为干巴巴的风了。

地球上的热带地区降雨稳定且丰沛，道理显而易见。这儿的地表蓄积了足够的热量使空气升高，然后水蒸气遇冷后凝结成雨。太阳并不是永远直射着地球，它时而偏北，时而偏南，所以赤道地区也有四季之分。这里的四季很有意思，两个季节暴雨连绵，两个季节滴雨不下。

要是风从寒冷的地方吹向温暖的地方，那么风吸收的水量就会增加，当然水蒸气也不会遇冷变成雨，所以被这样的气流控制的地区，哪怕10年都不会下一场雨，成为干燥的沙漠。

地球有无数的秘密等待人们探索。比如，地球的表面是否坚如磐石？科学告诉我们：岩石并不像我们想象中的那么坚不可摧。滴水可以穿石，风吹雨打可以将一座高山夷为平地。如果时间足够长久，过了11600万年，甚至喜马拉雅山也会消失。

如果你有兴致的话，可以做一个有趣的小实验：取出半打干净的手绢，将它们平整地叠放在桌面上，然后从两边向中间缓缓推动这叠手绢。你发现了什么？这叠手绢上出现了一堆奇形怪状的皱褶，有的凸起像山峰，有的深陷如山谷，有的层叠似丘陵。地球的表面——地壳，和地球一起在太空中高速旋转，热量在旋转中不断地散发，失去了热量的地壳会缓慢地皱缩、褶曲和变形，就像这堆被挤成一团的手绢。

目前最权威的猜想：自地球形成之日起，它的直径已经皱缩了大约48千米。48千米作为直线距离并不算长。不过你要明白，地球的表面是弯曲的。地球的表面积约是5.1亿平方千米，如果它的直径突然缩小了几米，则将引发一场惊心动魄的灾难。

幸而大自然的性情不算暴烈，她一点一点地创造着奇迹，保持着整个世界的平衡。如果她要使一片海洋干涸，那么她就会在另一个地

方创造一片新的海洋；如果她要磨平一座高山，那么她会在地球的另一个地方竖立一座新的高山。当然，地壳运动是如此的缓慢悠长，人类短暂的生命无从一览地壳数千万年的变化，这只是我们一厢情愿的想法罢了。

　　大自然虽然性格温和，不过她也架不住人类的胡作非为。有了蒸汽机和炸药，地表能在瞬间发生翻天覆地的变化。加上人类对木材的贪婪，森林和灌木以惊人的速度消失，连绵青山转眼就变成黄土高原。森林消失了，绿色的植物消失了，岩石表面的土壤也消失了……雨水变成波涛汹涌的洪流，从山顶冲向山谷，灾难来临了……

　　这是危言耸听吗？不，绝不是。我们不必亲临冰川期，感受那神秘的力量在北欧和北美大陆上铺下的厚厚冰雪，还有山区中座座危崖。我们只需回顾罗马时代，看看那些一流的拓荒者是如何摧毁了自然环境，彻底改造了半岛的气候，而这些只用了不足五代人的力量。勤劳谦卑的印第安人世代耕耘着南美洲的肥沃土地，而西班牙人来了，他们蹂躏着印第安人，也摧毁了这片土地。

　　外来侵略者剥削、奴役土著居民的办法——断绝土著居民的食物来源。美国政府将野牛斩尽杀绝了，勇敢无畏的印第安战士还能怎么样？他们变得肮脏、懒惰，居住在有限的保留地上。美国政府难道没有为自己的愚蠢、残酷付出代价吗？美国大平原和安第斯山脉的现状完全是美国政府咎由自取。

　　土地是人类生命的源泉，没有什么比土地更重要的资源。所以，各国政府都不再姑息对土地的无耻侵害了。人类无法改变地壳运动，但是我们至少可以多造一片绿地，善待土地。

　　说完了陆地，我们再来说说海洋。海洋覆盖着地球表面近3/4的面积。海洋最浅的地方只有0.6米，而世界上最深的海沟深达11034米，位于菲律宾群岛以东。

世界上最广阔的海洋是太平洋,其次是大西洋,最后是印度洋和北冰洋。除了世界上的几大洋以外,还有内陆海、河流、湖泊等大面积水域。面对海洋,人类的确只能望洋兴叹。除非我们重新长出鳃,否则我们无法到水里生活。

陆地也不是处处适合人类居住。这里有1300万平方千米的沙漠和5000万平方千米的荒原,还有许多广袤的地区,要么像喜马拉雅山那样海拔太高,要么像两极那样温度太低,要么像南美洲沼泽那样湿度太大,要么像非洲中部的森林那样过密,总之它们都无法开发利用。要是老天爷多赐予我们一些土地,我们肯定会倍加珍惜的。

或者,我们能将海洋重新变为陆地?不过,有一个问题非常关键:海洋并非多余的,它就像一个巨大的蓄热池,储存着太阳的能量。地质考古学的研究发现,史前时代的陆地面积非常大,而海洋面积比现在小很多,而当时的气候非常寒冷。目前地球上陆地与海洋面积的比例是1:4,这个比例恰到好处。只要保持这个比例不变,地球上的气候就能长久地继续下去,人类就可以永居乐土了。

太阳和月亮吸引着海水上涨,升高的海水有一部分变成了水蒸气,然后北极的寒冷将水蒸气变成了冰。气流,也就是风不仅直接影响着人类生活,也影响着海洋。

当一股气流锲而不舍、长年累月地吹向海洋表面,海水就会顺着气流的方向漂流。要是有几股气流从几个方向一起吹,那么这些水流就会彼此抵消。不过当风总是朝一个方向吹的话,比如赤道两边吹来的风,它们产生的漂流就会成为真正的海流。

海流对人类的贡献何在?我们先说说日本海流,它是太平洋中最重要的海流之一。一股信风从北向东吹,于是太平洋海面就有了响当当的

日本海流。完成了在日本海的使命之后,日本海流横跨北太平洋,给阿拉斯加送去温暖的祝福,继而它又掉头南下,为加利福尼亚创造舒适的气候。

还有神秘的墨西哥湾流,它约有80千米宽,0.6千米深。在悠久的岁月里,它不仅为北欧提供了墨西哥湾的温暖,而且为英格兰、爱尔兰和所有北海国家带来繁荣富庶。

墨西哥湾流的形成颇有传奇色彩,它发源于北大西洋涡流,而后者是一个巨大的漩涡,在大西洋的中部不停地旋转,裹挟着无数小鱼和浮游生物的海水被卷入漩涡中心,就像一片藻海。中世纪的水手们坚信,一旦船只被信风吹入这片藻海,生存的希望将十分渺茫:船只失去了方向,船上的水手因缺水而死亡。万里晴空下,充满死亡气息的船只永远地上下漂浮着,好像一个无声的警告,警告那些胆敢冒犯神灵的人。直到哥伦布的船队安全地穿过这片藻海,它的传说才告一段落。

北大西洋涡流的一部分涌入到加勒比海,和一股从非洲海岸西行而来的海流汇合在一起。加勒比海实在容不下这么多的海水,于是它们浩浩荡荡地奔往墨西哥湾。

墨西哥湾对如此多的海水也无能为力,它干脆把佛罗里达和古巴之间的海峡当作喷头,把这股热流喷射出去了。这股被喷射出来的热流就是大名鼎鼎的墨西哥湾流了,它的时速高过每小时8千米,难怪古代的航船宁肯绕道而行,也不愿意在此逆流而上了。

墨西哥湾流从墨西哥出发,沿美国东海岸一路北上,一旦受阻后便向东而行,穿过北大西洋,在纽芬兰的浅滩附近与拉布拉多海流汇合。要知道墨西哥湾以温暖而名扬天下,而拉布拉多海流源自格陵兰岛的冰山,水温寒彻肺腑,它们的相遇注定要产生茫茫大雾,加上这片海域漂浮着大量的冰山,可想而知在过去50年的航运史上,这片水域是多么臭名远扬了。

大量的冰山卷入两股海流汇合而成的巨大涡流中，在海面上一边旋转，一边融化。这些融化中的冰山无论说它们有多么危险都不过分，人们在海面上只能看到残存的冰山顶部，却看不见深藏在海面下的冰山底部，而冰山底部呈狼牙状，它们也确实像狼牙一样锋利，能够轻而易举地刺穿航船的铁壳。目前，这片海域已成为禁地，各国海船都谨慎地避开这里。只有美国巡逻队在此观察瞭望，负责炸毁小冰山，并且向过往船只发送大冰山出现的警告。

这里险则险矣，不过也是捕鱼人的天堂。北冰洋的鱼群习惯了低温的拉布拉多海流，猛然遇到温暖的墨西哥湾流，一时真不知如何是好：是重返北极呢，还是逗留此地？还没等它们做完决定，法国渔夫早就眼疾手快地把它们捞进网里了。这些法国渔夫的祖先们早早地光临过美洲大浅滩，几百年后才有人陆续前来。200年前的法兰西帝国占领了北美大陆的大片土地，离加拿大海岸不远的两个小岛——圣皮埃尔岛和密克隆岛，至今仍是法兰西的两块领地。常言道，哥伦布发现了新大陆。然而。在哥伦布出生前150年，诺曼底渔夫就探访过美洲海岸，光顾了这片岛屿。

墨西哥湾流还要远行，它继续北上，悠闲地跨过大西洋，在西欧海岸呈扇形散开，拍打着西班牙、葡萄牙、法国、英国、爱尔兰、荷兰、比利时、丹麦和斯堪的纳维亚半岛的海岸。给这些国家和地区带来温和舒适的气候。这么一路走来后，这股神奇的海流裹挟着大量的海水投入北冰洋的怀抱中。这些海水是如此之多，甚至比世界上所有大河的水量还多，以至于北冰洋也难以笑纳，于是北冰洋就倾倒出自己的海流——格陵兰海流。还记得吗，拉布拉多海流就诞生于格陵兰海流。

**知识链接**

地球是太阳系八大行星之一,按离太阳由近及远的次序排列为第3颗。住在地球上的人类又常称呼地球为"世界"。地球是上百万种生物的家园,包括人类。地球是目前人类所知宇宙中唯一存在生命的天体。地球诞生于45.4亿年前,而生命诞生于地球诞生后的10亿年内。

# 如何揭开地球深处的神秘面纱?

薛贤荣

人类探寻的目光不仅早已投向浩瀚的天宇,同时也投向地球深处。

关于天宇的传说,汗牛充栋。关于地心的传说,也不乏记载。古希腊哲学家柏拉图在其专著《对话录》中,就讲述了这样一个故事:居住在大西洲的亚特兰蒂斯人预感到一场灾难将彻底毁灭他们的文明,于是事先开凿了两条通往非洲和美洲的地下长廊。当大西洲沉入海底时,他们通过这两条通道进行疏散,而其中一些人就一直生活在了地心之中。

希特勒对这个传说深信不疑。他认为,只要控制了地球的轴心,就能扭转战局,将盟军彻底击败。为此,他专门派人去勘探"地下王国"的入口。后来,一无所获的纳粹党徒们为了向希特勒交差,从印度带回一部经书,书中提到古代有一种名为"战神之车"的交通工具,可以在地道中自由穿梭。据说希特勒曾命人仿制过"战神之车",这当然不会有什么结果。

如何揭开地球深处的神秘面纱呢?有人提出了如下方案。

一是给地球"做B超"。

探寻地下王国,最直接的方法莫过于钻井。但到目前为止,人类的掘井深度仅仅相当于刺破了地球的"表皮",离地心还差得很远。那么,我们能不能用"做B超"的方式来"透视"地球的内部结构呢?

科学家们经过反复实验后,惊喜地发现,由地震震源发出的弹性波

不仅能够穿透地层直达地球内部，还能把地球内部的信息带回地面。正因为如此，它被人们称为"照亮地球内部结构的一盏明灯"。迄今为止，人类所获得的关于地球深处的知识，几乎全部来自对地震波的分析。

不过，利用天然地震研究地球内部结构的方法，存在诸多缺陷。因为天然地震不仅发生次数较少，震源位置也不易确定，定位时经常出现数十千米甚至数百千米的误差，这必然会影响地震波成像的效果。于是，人们开始研究以人工方式激发地震波的新方法。1963年，美国学者斯蒂芬·海尔明斯基发明了气枪震源，其工作原理：将压缩气体注入气枪中，然后在水下瞬间释放，从而激发地震波。如今，这项技术已广泛应用于海洋地震勘探。

二是为地核拍摄"中微子照片"。

近年来，随着高能物理学的发展，科学家们发现一种探测地球构造的新技术：通过监测大气里的中微子穿过地球时被吸收程度的大小，来研究地球的内部构成。

中微子是组成自然界的基本粒子之一，几乎不与任何物质发生作用。因此，它产生后所携带的信息，历经数十亿年都不会改变。另外，中微子具有极强的穿透性，能够轻而易举地穿过地球。

目前，科学家们正夜以继日地在南极冰层下架设一部大型"中微子望远镜"。这部望远镜被命名为"冰立方"。它由数千部探测器组成，主要用于"捕捉"从地球内部逃逸出来的中微子。"冰立方"望远镜一旦被建立起来，将有可能会为科学家们提供一张描绘地核大致轮廓的珍贵"照片"。

三是钻探船入地7000米进行钻探。

在地球上钻深井，能获得第一手的实物样本。随着科学技术的进步，从20世纪70年代起，科学家们开始利用钻探技术，向地球深处伸出

"内窥镜"。

1970—1989年，苏联科学家进行了一场向地球"心脏"进军的大胆实验：他们在摩尔曼斯克州的科拉半岛上，开凿了当时世界上最深的科学钻井——科拉超深钻。这口钻井的深度为12262米，几乎钻透了地壳外层的1/3。

美国和日本发起"综合大洋钻探计划"，该计划的目标是凿穿大洋地壳，为人类揭示气候暖化的秘密，寻找有助解释生命起源的微生物及了解地震机制，为开发深海资源开辟一条新途径。为完成这一宏伟的计划，日本海洋研究机构和三菱重工公司耗资5亿美元，联合打造了世界上最大的深海探测船"地球号"。"地球号"全长210米，宽38米，排水量5.7万吨。船上装有最先进的航行控制系统、雷达系统、泄压阀及全球最高的钻塔（高达121米），其钻头能钻探到海底7000米处。

四是用核弹炸开地心入口。

当"综合大洋钻探计划"逐步展开时，美国加州理工学院的戴维·史蒂文森教授提出一个大胆的设想：用原子弹在地球表面炸出一个洞，然后放入先进的探测装备，发掘不为人知的地下奥秘。

史蒂文森将自己的想法写成论文，并发表在英国的《自然》杂志上。文中写道："该计划所面临的最大难题在于，如何在地壳和地幔间开凿通道，让探测器通过。为此，可能需要在地球表面爆炸一颗原子弹，也可能会利用地表的一些天然裂缝，比如冰岛的火山坑。通道形成后，我们将一个葡萄粒大小的钻井探头连同数十万吨熔化的铁水注入地下。这一过程好比是逆向的火山爆发。届时，通道下的岩层将被压出一道深深的裂缝，铁水将在地心引力作用下，顺着裂缝流向地核深处，并将探测器送达那里。探测器采集到数据后，将以地震波的形式发回地面。"

史蒂文森所设想的"地心之旅"若能实现，将解开困扰地球科学界

的诸多难题。不过，该计划的可行性也受到不少专家的质疑。英国物理学家大卫·普莱斯坦言："乍一听，这似乎是一个不错的方案，但仔细一想，就会发现很多漏洞。比如，执行这项计划的前提是凿穿岩层，但他有没有想过，一旦岩层开裂，炽热的岩浆会喷涌而出，从而大大降低探测器坠向地心的速度。据我估计，即使探测器能进入地心，那也要耗费几千年的时间。"

如何揭开地球深处的神秘面纱？科学家们还在继续探索。

### 知识链接

地球深处的秘密，如今还停留在想象和假说阶段，有人说，地球深处有生命，有人说，地球深处有海洋，还有人说，地球深处是外星人的乐园。如何揭开谜底，还有待科学家的努力。

# 为什么夜空是黑暗的？

张小平

太阳西沉，天空越来越暗，星星开始出现。但是，为什么夜空是黑暗的呢？孩子们喜欢向大人提出这个问题，可事实上，它却是一个世界性的天文学难题，至今仍然没有一个统一的答案。

海因里·奥伯斯是19世纪的德国天文学家，他同时也是一位医生，他白天给人看病，晚上观测天空，寻找彗星。1823年，奥伯斯写了一篇宇宙学论文，他说，如果宇宙是无限的，充满着无数颗恒星，那么，所有星星发出的亮光加起来为何不能把夜空照亮？这种理论和观测之间的矛盾被称为"奥伯斯佯谬"。

实际上，早在海因里·奥伯斯之前，就有不少人提出过这样的疑问。1610年，意大利物理学家、天文学家伽利略用望远镜发现空中有无数肉眼看不到的恒星后，认为宇宙是无限的，恒星的数量也是无限的。但是，德国天文学家约翰尼斯·开普勒却认为宇宙是有限的，他给伽利略去信指出：如果那样的话，夜空就不会是黑暗的。他打了一个比方。假如你站在无边无际的森林中向前看，不论你往哪个方向看，都只能看到一根根的树干连成一片挡在你的眼前，看不到任何间隙。只有当你是在一片小森林中时，才能透过树干的间隙看到外面的世界。同样的道理，如果宇宙是无限的，那么恒星将占据天空的每一点，它们发出的光终将抵达地球，所有的恒星发出的光都将连成一片。既然实际情况是恒星彼此之间有黑暗的间隙，那就说明宇宙是有限的，透过这些间隙我们看到的是

一堵包围宇宙的黑暗围墙。

100多年后,英国著名数学家、天文学家爱德华·哈雷也思考了这一问题。1721年,在皇家科学院的一次演讲中,他解释了夜空为何是黑暗的两个原因:第一是远处大量恒星的光无法等效为近处少量恒星的光,第二是看不见的恒星对于光没有贡献,它们的光线太弱,无法使我们感觉到。瑞士天文学家菲利普·谢诺却持不同意见,他说,远处看不见的恒星对于整个天空中的光是有贡献的,夜空之所以是黑的,原因是宇宙空间并不是透明的。相反,它充满着物质,它们会"吸收"光线,产生一个黑暗的夜空。

宇宙间的物质会"吸收"光线吗?不久,天文学家认识到,消光物质在遮挡光线的同时,也会被光线所加热,进而发光,它们将会和恒星一样的明亮。这就像大雨中的树。起先叶子还能保护地面不受雨淋,可是不久雨水便会从叶子上滴落下来,最终地面还是会湿透。

有人认为,解决奥伯斯佯谬的唯一办法是,否定其大前提——即宇宙不是无限的,因而恒星数量是有限的。但是,这还不能解决问题,因为即使恒星数量是有限的,其数量也近乎无限,足以照亮整个夜空。

1848年,美国小说家爱伦·坡在一篇随笔《我发现了》中解释了奥伯斯佯谬:"星星无穷无尽,天空的背景就会呈现出明亮,就像是银河——它们不会呈现点状,在背景中也不会出现一颗星星,因此,只有一种可能,由于恒星的距离实在是太远了,它们发出的光还没来得及到达地球。"白天和黑夜的本质区别,竟然只是因为距离。

1901年,苏格兰数学家、物理学家开尔文对这一解释进行了量化。开尔文的计算表明,若要夜空变得明亮,我们至少要能看到数百万亿光年远的范围。由于宇宙的年龄现在远小于1万亿年,所以夜空是黑的。

1955年,稳恒态宇宙学家福雷德·霍伊尔在他的《天文学前沿》一书中写道:"因为宇宙膨胀,所以夜晚是黑的。"他认为宇宙在不断地向各个方向膨胀,各个星系互相远离,当然也都在远离地球。空间的膨胀导致光线在传播时波长被拉长,所以遥远的星光在抵达地球时的能量已低到不能被肉眼见到了。

但这些观点,在科学上仍然缺乏足够的证据。

### 知识链接

空间的膨胀导致光线在传播时波长被拉长,能量也因此降低了(波长与能量成反比),这个现象称为"红移"。红移的意思是可见光向能量较低的红光转变,而红光还会向能量更低的红外线、微波转变。所以遥远的星光在抵达地球时,能量已低到不能被肉眼见到了。

# 揭开了月亮背面的神秘面纱

文有仁

人类出现在地球以来，始终只能看到月亮朝向地球的一面。月亮把它的另一面永恒地隐藏起来。月亮背面到底有什么？它的地形同正面是大体相同，还是完全不同？科学家们提出了不同的猜测。"月球"3号探测器拍摄的第一张月球背面照片，使人类有史以来第一次看到月球神秘的另一面。

"月球"3号探测器是苏联于1959年10月4日发射的。"月球"3号的目标不是在月面"硬着陆"。它的主要任务是揭开月球背面的神秘面纱。飞行3天后，"月球"3号进入绕月飞行的轨道，飞行到月球背面上空时，拍摄了第一张月球背面的照片。在20世纪50年代末，拍摄月球背面图像并不是件容易的事情。苏联在发射"月球"3号时，对发射时间和飞行轨道作了精心的安排。当"月球"3号经过月球背面时，月球恰好处于地球与太阳之间，这样太阳光可以照亮月球背面，探测器上的光学照相机就可以进行拍摄。

"月球"3号与"月球"1号和"月球"2号两个探测器大不相同，比它们更重，第一次携带了两台焦距不同的照相机，使用了太阳能电池，并且采用压缩气体的方式来控制它的指向。经过数十小时飞行，"月球"3号最终顺利地绕到月球背面，距离月球最近处达到6200千米。在进入月球背面的40分钟内，两个光学相机拍摄了29张照片，其中17张照片底片在飞行途中完成自动冲印，然后通过电视扫描转换成电视信号，再通过无线通信装置传送回地面。尽管最后得到的照片分辨率很低,而且只覆盖了月球背面70%的区域,却记录了人类对月球背面的第一次观察,展现了人类以前从未看到过的景象。

几天以后,苏联公开了月球背面照片,引起了轰动。这些照片让人们首次看到了月球神秘的背面,标志着人类在月球探测中取得了里程碑式的成就。

从月球背面照片可以看出,月球背面同正面大同小异。那里没有广寒宫、桂树、嫦娥和玉兔,只有大量的环形山、高山、峡谷和"海"(平原)。

1968年9月,苏联发射"探测器"5号,首次实现无人飞船绕月飞行并成功返回地球。"探测器"5号携带乌龟绕月飞行,但是随后由于导航系统故障,飞船未能在预定地点安全着陆,最终降落在印度洋。

1969年7月13日,苏联发射"月球"15号探测器。它进入了围绕月球运行的月心轨道,成为月球的卫星,试验了新的导航系统。它曾两次校正轨道。第一次达到离月面95-221千米高的轨道,第二次达到离月面16-110千米高的轨道。绕月运行了52圈。7月21日开动探测器制动装置,坠落到月面预定地区。

在此之后,美国为了给未来的"阿波罗"载人登月宇宙飞船选择着陆点提供探测数据,发射了5个"月球轨道环行器",美国"阿波罗"15号和"阿波罗"16号登月飞船也曾释放两个绕月飞行的小卫星,美国还发射过一个专门找水的、绕月飞行的"月球勘测者"号探测器。

苏联和美国向月球发射的这些月球探测器环绕月球飞行,完成探测任务后,由于月球的引力,最终都投入了月球的怀抱。

1968年12月21日,美国发射载有波尔曼、洛弗尔和安德斯3名航天员的"阿波罗"8号宇宙飞船。飞船成功飞临月球上空,进入距月面112

千米的月球轨道，绕月飞行了10圈，历时20小时6分钟，并向地球发回视频。12月27日飞船返回地球，在太平洋安全降落。这是世界上第一艘飞到月球附近并绕月飞行的载人飞船，也是人类第一次飞临月球附近。

### 知识链接

人类首度亲眼看见月球背面的是美国航天员威廉·安德斯，他的描述如下："月球背面看起来像我在孩提时玩过一段时间的沙堆，它们全都被翻起来，没有边界，只是一些碰撞痕和坑洞。"

# 天空中的物理学知识

高峰

"蓝蓝的天空白云飘"。对这种美丽的景色,相信大家都有所感受。那么天空为什么是蓝色的?云为什么是白色的?对于这种奇妙的自然现象,并不是所有人都能说出原因。事实上,我们观赏到的这一美丽景象是天空中的大气分子、水滴、其他微粒和阳光共同作用的结果。

## 空气和太阳光

为了解释这种物理现象,首先简单了解一些空气和太阳光的知识。空气是在地球外面包裹着的一层"防弹衣",保护着地球上的生物不受紫外线的照射。空气并不是空的,是由很多的微粒组成。其中99%是氮气和氧气,其余则是其他气体(如二氧化碳、惰性气体等)、小水滴和粉尘、扬沙等飘浮微粒。但是空气的成分并不是固定的,它决定于所在的位置、天气和其他不固定因素(如森林、海洋以及火山爆发和污染的严重与否)。

光是能量以电磁波传播的一种方式,在真空中的传播速度为每秒30万千米。光和其他波(比如声波)不同的是具有波粒二象性。这是因为光是由一种无质量的粒子——光子组成,所以光不但具有波的特性,还有粒子的特性。光传递能量的大小与光的频率成正比,而光的频率正好决定其颜色。但我们的眼睛只能看到特定频率范围内的光,这种光被称为"可见光",频率过高(紫外线)和过低(红外线),我们都看不见。

对于太阳光,牛顿首先用三棱镜发现其中包含着红、橙、黄、绿、蓝、靛和紫7种颜色。用一个小实验即可观察到"七彩阳光"。取装入水的玻璃缸放在房子中阳光入射的地方,然后在水中放一面小镜子,用一张白纸接收从盆中小镜子反射的光,根据光的折射原理,即可从白纸上看到一个漂亮的人造彩虹。在7种不同的光中,红光波长最长(频率最低),紫光波长最短(频率最高)。我们肉眼所看到的白光是7种不同的光的混合结果。

### 天空为什么是蓝色的?

除非有外界干扰,否则光都是以直线传播的。当光在空气中传播时,不可避免地要遇到空气中的气体分子和其他微粒。这些微粒对光有吸收、反射和散射等物理作用,正是这些物理作用使天气晴朗时的天空呈蔚蓝色。

正确解释天空为什么是蓝色始于1859年。科学家泰多尔首先发现蓝光要比红光散射强得多,这就是"泰多尔效应"。几年之后,科学家瑞利更详细地研究了这种现象,他发现散射强度与波长的4次方成反比。后来,更多科学家称这种现象为"瑞利散射"。瑞利散射很容易通过一个小实验来验证:找来一个盛满水的水杯,然后往水杯中滴入几滴牛奶,用手电筒做光源,从水杯的一侧照射,从水杯的另一侧看到的是红光,而从垂直于光线的方向看到的是蓝色(在黑暗处效果更明显)。

当时,泰多尔和瑞利都认为天空呈现蓝色是由空气中的粉尘微粒和小水滴所致,这些小的粉尘微粒和小水滴就类似于水中的牛奶悬浮颗粒。即便在今天,也有许多人这样认为。事实并非如此,如果天空呈现的颜色完全是由粉尘微粒和小水滴决定的,那么天空的颜色将随着大气湿度的变化而变化,事实上天空的颜色随着湿度的变化非常小,除非下雨或者乌云密布。后来科学家猜测用空气中的氮气和氧气分子足以解释天空中的"泰多尔效应"。这种猜测最终被爱因斯坦证实，他对这种散射效应进行了详细的计算，计算结果与实验得到的数据相符合。

我们所看到的蓝天是空气分子和其他微粒对入射的太阳光进行选择性散射的结果。散射强度与微粒的大小有关。当微粒的直径小于可见光波长时，散射强度和波长的4次方成反比，不同波长的光被散射的比例不同，这被称为选择性散射。当太阳光进入大气后，空气分子和微粒（尘埃、水滴和冰晶等）会将太阳光向四周散射。组成太阳光的红、橙、黄、绿、蓝、靛和紫7种光中，红光波长最长，紫光波长最短。波长比较长的红光透射性最大，大部分能够直接透过大气中的微粒射向地面。而波长较短的蓝、靛和紫等色光，很容易被大气中的微粒散射。以入射太阳光中的蓝光（波长约为0.425微米）和红光（波长约为0.650微米）为例，当光穿过大气层时，被空气微粒散射的蓝光约比红光多5.5倍。因此晴天天空是蔚蓝色的。但是，当空中有雾或薄云存在时，因为水滴的直径比可见光波长大得多，选择性散射的效应不再存在，不同波长的光将一视同仁地被散射，所以天空呈现白色。

如果说短波长的光散射得更强，那你一定会问为什么天空不是紫色的。其中一个原因就是在太阳光透过大气层时，空气分子对紫色光的吸收比较强，所以我们所观测到的太阳光中的紫色光较少，但并不是绝对没有，在雨后彩虹中我们很容易观察到紫色的光。另外一个原因和我们的眼睛本身有关。在我们的眼睛中，有3种类型的接收器，分别称之为"红锥体""绿锥体"和"蓝锥体"，它们只对相应的颜色敏感。当它们受到外界的光刺激时，视觉系统会根据不同接收器受到刺激的强弱重建这些光的颜色，也就是我们所看到物体的颜色。事实上，红色锥体和绿色锥体对蓝色和紫色的刺激也有反应，红锥体和绿锥体同时接受到阳光的

刺激，此时蓝锥体接受到蓝光的刺激较强，最后它们重建的结果是呈现蓝色，而不是紫色。

### 你看到过蓝色的太阳吗？

你也许会说为什么我们看到的太阳不是蓝色的。这是因为我们直接看太阳时，眼睛接受的太阳光是通过"迈以散射"的光，而不是"瑞利散射"的光。迈以散射是当光遇到比其波长要大的微粒时所发生的一种散射，对光的波长几乎没有什么依赖，不改变原有光的成分。而且迈以散射的光具有前向性，绝大部分光仍然沿着原来的方向传播。对所有的光都有同样的作用。

在我们直接看太阳时，看到的是略带浅黄的圆盘。浅黄色是因为在这个过程中有一部分光发生了瑞利散射，蓝光都散射出去了，剩下红、橙、黄和绿光，只是和迈以散射比较起来，这个散射过程较弱，所以太阳看起来是稍微有些浅黄色的。但是在沙尘暴天气时，由于空气中微粒很多，这时瑞利散射占主要地位，我们有可能看到蓝色的太阳。

### 夕阳为什么是红色的？

当太阳将要落山时，太阳光穿透大气层到达观察者所经过的路程要比中午时长得多，更多的光被散射和反射，所以光线也没有中午时明亮。因为光到达所观察的地方时，波长较短的光——蓝色和紫色的光几乎已经散射殆尽，只剩下橙色和红色的光，所以随着太阳慢慢落下，天空看起来也从橙色变成红色。同样道理，当太阳升起的时候，也是橙色或者红色的。

**知识链接**

本文涉及许多天体物理学的知识。天体物理学是应用物理学的技术、方法和理论,研究天体的形态、结构、化学组成、物理状态和演化规律的天文学分支学科,也可以说是天文学和物理学之间的一门交叉学科。

# 第三辑
# 深度求索

科学无禁区，探索无止境。人类的历史，就是不断探索的历史。大到宇宙，小到细菌，无穷的秘密等待我们去揭示。当一个个秘密被我们解开，并被普及到大众中，它就成为常识。

人造生命诞生了吗？世界末日什么时候到来？中国最年轻的城市到底有哪些特色？让我们再次踏上上下求索的征程吧！让我们对这些问号，去做深度探索吧！

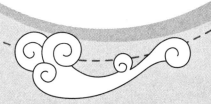

# 火山导致了地球生命的诞生吗?

[美国] Phil Berardelli

有关我们地球上的生命是如何诞生的,一度被放弃的观点现在又重获新生,这多亏了一次偶然的发现。

故事要从20世纪50年代初说起。当时,伊利诺伊州芝加哥大学的两位化学家斯坦利·米勒和哈罗德·尤里,企图在他们所认为的类似于年轻地球的环境下重新创造生命的构成材料。两位科学家往玻璃容器和试管组成的封闭循环系统中注入水,以及由氢气、氨气和甲烷组成的不同混合物。当时这些气体被认为是几十亿年以前大气的主要组成成分。为了证实一个假设——闪电可能对生命的起源产生了促进作用,他们用电流对混合物实施电击。几个小时后,研究人员分析了开始聚集起来的黏性物质。

这种剩余物里包含少量可构成蛋白质的某些氨基酸。氨基酸的出现表明,生命的分子前驱体可以通过简单的电化学过程而形成。问题在于,理论模型以及对远古岩石的分析最终使科学家们相信,最初的地球大气中并不富含氢气。

米勒去世之后,他以前的两位弟子——华盛顿卡内基研究所的地球化学家吉姆·克里夫斯和布鲁明顿市印第安纳大学的地球化学家杰弗里·巴达,检查了导师的实验室里剩余的样品。两人发现了当初实验留下来的一瓶瓶生成物,决定利用现代化的技术再次进行观察。美国国家航空航天局戈达德太空飞行中心拥有极为敏感的质谱仪,克里夫斯、巴达及同事利用该中心的质谱仪在实验剩余物中发现了22种氨基酸的存在迹象。科学家们在《科学》杂志上发表文章，声称：所发现的氨基酸数量大约比米勒和尤里当初的报道多一倍，其中包括在生物中发现的全部20种氨基酸。

那么，闪电有可能对地球生命的诞生起到帮助和推动作用吗？克里夫斯称，有可能。尽管地球的原始大气并不富含氢气，但是来自火山爆发的气云确实含有合适的分子组合。火山在地球早期的历史上要活跃得多，可能是火山为地球播下了带有生命成分的种子。一个重大疑问：随后发生了什么？那些分子如何变成了可以自我复制的有机化合物？"那是一个尚待研究的新领域，"克里夫斯说，"从某种程度上说，我们的研究就是被卡在此处。"

华盛顿卡内基研究所的地球化学家罗伯特·黑曾说："这项新研究说明了在生命起源以前的合理环境中创造生命构成材料有多么容易。"黑曾没有参加这项研究，他指出："同时，这些发现也强调了斯坦利·米勒和哈罗德·尤里的超前性认识和开创性实验。"

### 知识链接

关于地球生命的起源，有各种假说。一般认为，地球诞生时的面貌和现在不同，包围在地球外表的水汽虽已凝结成液态的水，但温度还是很高，那时具有活力的火山遍布地表，不时喷出岩浆和气体，气体包含氢气、一氧化碳等，多种气体在空中形成一朵朵的卷云，此时云端的电离子不断引起风暴，而交加的雷电不时侵袭陆地。在这种环境下，分子间互相影响，从而形成更复杂的混合物。来自外太空的陨石也可能带来一些元素参与变化，最终地球上出现了生命。

## 会发出声音的沙子

张太平

会发出声音的沙子,又称为响沙、鸣沙、哨沙或音乐沙,在海滩和沙漠中常有分布,尤以沙漠鸣沙最为罕见。

鸣沙现象,在世界各地是普遍存在的,在美国的长岛、马萨诸塞湾、威尔斯西岸,丹麦的波恩贺尔姆岛,波兰的科尔堡以及巴西、智利和亚洲的一些沙滩、沙漠,沙子都会发出奇妙的声音。在美国夏威夷群岛的高阿夷岛上,沙子会发出狗叫似的声音,人称"犬吠沙";苏格兰爱格岛上的沙能发出尖锐响亮的声音,19世纪英国地质学家米勒这样描写它:"我用脚斜踏了它一下,沙发出尖锐响亮的声音,就像食指的指甲在拉紧的丝弦上弹了一下。每踏上一步,尖锐的声音就会重复,我和同伴一起踏在沙子上,就好像在音乐会上演奏一样。"在我国甘肃省敦煌县月牙泉畔的鸣沙山,如果从上面往下滚,沙子的声音如同轰隆隆的雷声,因此鸣沙山又叫"雷音门"。

一般来说,沙漠中的响沙"音调"比较低沉,海滨的响沙"音调"比较尖细。

那么,沙为什么会"响"呢?

有的科学家认为,响沙的基本原理是空气在沙粒之间的运动,当沙粒在滑动的时候,它们之间的孔隙一会扩大,一会缩小,空气经过挤压,便产生振动而发声,如同鼓掌可以发出声音一样。也有的人认为,沙粒上面有一层薄薄的钙镁化合物,大量的沙粒相互摩擦,能产生类似提琴用搓上松香的琴弓沿着琴弦拉出乐曲一样的声音。与此类似的观点是，多数沙粒是石英质地，由于石英晶体具有特殊的压电性质，一旦受到挤压就会带电，在电的作用下它又会往复伸缩振动。振动得越厉害，产生的电压越高；电压越高，振动越厉害，于是声音越来越响。可是后来人们发现，这些石英晶体的响沙换个地方就变成了"哑巴"，看来，沙"响"的根本原因还不是石英晶体。

苏联科学家马里科夫斯基认为：每个鸣沙沙丘的内部，都有一个密集而潮湿的沙土层，它的深度是随雨水的多少而改变的。夏季，潮湿层较深，它被上面干燥的沙土层全部覆盖起来，潮湿层的底下又是干燥的沙土层，这就可能构成一个天然的共鸣箱。当雪崩似的沙粒沿着斜坡倾泻下来时，干燥沙粒的振动波传到潮湿层时，就会引发共鸣——像乐器的共鸣箱一样，使沙粒的音量扩大而发出巨大声响。

1979年，马玉明撰文《响沙》，在文中他认为，响沙的"共鸣箱"不在地下，而是在地面上的空气里。他认为响沙的发生需具备三个条件：一是沙丘高大且陡；二是背风向阳，背风坡沙面呈月牙形；三是沙丘底下有水渗出（形成泉潭）或有大的干河槽。他还提出，由于空气温度、湿度和风的速度经常在变化，不断影响着沙粒响声的频率和"共鸣箱"的结构，再加上策动力和沙子固有频率的变化，响沙的响声也经常变化。有时下雨天去看响沙，发现响沙不响，正是温度和湿度的改变，破坏了响沙"共鸣箱"结构的缘故。他举例说，宁夏中卫沙坡头的响沙，就是因周围造林绿化等原因，破坏了共鸣的条件，已经有十几年不响了。然而，国外一些海滨的响沙沙滩是相当平坦的，不存在高而陡的月牙形沙丘，而且它们往往只会在雨后表面层刚刚干燥的时候发出响声，这又如何解释呢？

科学家们众说纷纭，莫衷一是，至今没有令人信服的答案。

我国有几处鸣沙山与国外响沙不同，在古志中已有记载：一是山麓都是清泉，尽管周围沙丘重重，但千百年来泉水从未被黄沙所填没；二是不管有多少人爬到沙山顶上，滑落多少沙子，到第二天风又会将沙子吹上山坡，使沙山形状"辄复如旧"。它们同响沙一样，至今仍是未解之谜。

### 知识链接

鸣沙现象是普遍存在的，在中国有三大鸣沙地，第一处是甘肃敦煌县南月牙泉畔的鸣沙山，第二处是宁夏中卫县沙坡头黄河岸边的鸣沙山，第三处是内蒙古库布齐沙漠罕台川两岸的响沙湾。

# 解读中国最年轻的市

高峰

2012年6月21日，海南省三沙市成立了，这个消息令人振奋欣喜！一直以来点缀在浩瀚的南海海域的三大群岛是无数中国人向往的梦幻之地，然而由于它们远离大陆，再加上周边各国在主权问题上的纷争，很少有人能有机会一睹它的容颜。

三沙市涵盖了西沙群岛、中沙群岛及南沙群岛三大群岛及其附近海域。三沙市的辖区面积很大，陆地面积却很少。约260万平方千米的海域，比中国陆地面积的1/4还大，但是陆地面积少得可怜。三沙市市政府驻地永兴岛是南海诸岛中面积最大的岛屿，但也只有2.10平方千米，而整个中沙群岛除黄岩岛外几乎没于水下。

三沙市有一个与众不同的特点：三沙市是个不断生长的城市。三沙市的陆地都是由珊瑚礁堆积形成的，是一座生物作用形成的城市，它是有生命力的，它的陆地可以不断生长。这真是妙不可言，我们可以期待，多少年后，三沙的陆地面积会翻倍！

## 西沙群岛：市府所在地

西沙群岛位于南海的西北部，距离海南岛东南面有180多海里。拥有岛屿最多，陆地总面积最大（8平方千米多），三沙市市政府驻地永兴岛也位于西沙群岛腹地。西沙群岛分为两大群，位于西侧的是永乐群岛，东侧是宣德群岛，"永乐"、"宣德"是明朝的年号，以此命名是为了纪念

郑和船队在南海诸岛的活动。三沙市很多岛屿的命名都反映了我们先祖到此活动的印迹。例如：琛航岛是因为清末一艘名为"琛航号"的军舰到岛上寻访而得名；南沙有环礁称"郑和群礁"，想必大家一听就明白。

## 南海"首脑"永兴岛

三沙市市政府驻地永兴岛，犹如一块镶着银边的翡翠点缀在蔚蓝的大海上。这块翡翠小而充实，一直以来都是南海的"首脑"，是南海各个岛屿上军民的物资供应和信息发布中心。它内部基础设施完备，建有医院、银行、图书馆、招待所、机场和码头等，大概每半个月就有一艘渔政船从文昌的清澜港到永兴岛，为西沙的军民供应物资。渔政船上油盐米面，肉蔬水果，还有淡水等各种生活物资一应俱全。渔政船到岛上的日子，岛上就像过节一样热闹。岛上的物质生活是清苦的，在三沙市成立以后岛上的生活应该会改善很多。

永兴岛犹如浩瀚南海上的三面旗帜：其一是以永兴岛东侧的机场为旗杆，整个永兴岛为旗面的"永兴岛大旗"；其二是位于永兴岛北侧，以永兴岛连接石岛的栈桥为旗杆，以石岛为旗面的"石岛小旗"；其三则是中国向世人昭显的权益之旗！

## 宝石发夹七连屿

位于永兴岛北面的七连屿，恰似一支镶着绿宝石的银色发夹，挂在天海之间。七连屿由处在不同发育时段的几个岛屿和沙洲（西沙洲、赵述岛、北岛、中岛、南岛、北沙洲、中沙洲和南沙洲）构成，它们共同发育在同一个大弧形礁盘上。最初七连屿是由一连串七个岛屿组成，犹如七颗宝石连缀在一起，故命名为"七连屿"。

七连屿中每个岛都很小，距离也很近，每个岛都各具特色。其中发育较成熟的赵述岛上有渔民居住。中岛、中沙洲上有很多海鸟，曾在岛上发现海鸟直接将卵产在礁石上。北岛上曾发现有海龟出没的痕迹。而西沙洲近乎圆形，遍布白沙，没有植被，它还处于发育的早期，风暴还会改变它的形状。

不断生长的珊瑚用其身躯将位于水面下的环礁托出海面，再由风暴、海浪将其吹打成碎屑，堆积成沙洲，岁月沉淀，植物慢慢在沙洲上生长起来，越来越多，越来越旺盛，海鸟也在这安家了。于是绿如翡翠般的岛屿形成了，这是每一个成熟岛屿的发育历程。西沙群岛的永兴岛、东岛，以及因有一眼流淌着清冽爽口的泉水的甘泉而得名的甘泉岛都是发育成熟的岛屿。这些岛屿犹如婴儿一般躺在大海怀抱里，慢慢发育长大成熟。大海也像母亲一样慷慨哺育着它们，海浪拍打它，风暴磨炼它，最终铸造出倔强而又美丽的岛屿屹立于南海上。

### 中沙群岛："驾我万里舟，渔我黄岩岛"

四大群岛中位置居中的中沙群岛，几乎隐没于海面之下，只有黄岩岛南面露出了水面。黄岩岛，是中国最早发现并命名的。早在1279年，著名天文学家郭守敬进行"四海测验"时在南海的测量点就是黄岩岛。其附近海域是中国海南、广东等地渔民的传统渔场。《载敬堂集·江南靖士诗稿·黄岩岛》诗"驾我万里舟，渔我黄岩岛。郭公绘海图，千年在版早"，真切地反映了中国管辖、经营黄岩岛及渔民在黄岩岛从事渔业生产的历史。

黄岩岛以东有幽深的马尼拉海沟，海沟最深处水深5377米，是中国南海最深的地区之一。马尼拉海沟是中国中沙群岛与菲律宾群岛的自然地理分界。黄岩岛的特殊地理位置，使其成为深海渔业捕捞的重要渔场和热带风暴降临时的天然避风良港，对于我国远洋捕捞业具有重要的战

略意义。中菲黄岩岛对峙事件，是菲律宾觊觎黄岩岛而进行的无端挑衅。

### 南沙群岛：富饶且对峙着

位于中国南疆最南端的南沙群岛，是南海诸岛中岛礁最多，散布范围最广的椭圆形珊瑚礁群。周遭毗邻越南、印度尼西亚、马来西亚、文莱和菲律宾。南沙群岛由230多个岛、洲、礁、沙和滩组成，露出海面的约占1/5，其中有11个岛屿，5个沙洲，20个礁。

南沙群岛地处热带，渔业资源特别丰富，具有极高的经济价值。南沙群岛的鱼类不仅种类繁多，而且品质十分优良，盛产中国其他海区罕见的鱼类（如金枪鱼、鲨鱼等）。南沙群岛也是被列为重点保护动物——海龟的"故乡"。此外，南沙群岛盛产海参，全世界有约40种海参可供食用，南沙群岛出产20种。

南沙群岛地理上属于大陆架，具有丰富的油气资源。据专家估计，南沙群岛附近海域蕴藏有140亿吨石油和22.5万亿吨石油当量的天然气。

此外，南沙群岛战略地位十分重要，是东亚通往南亚、中东、非洲和欧洲必经的国际重要航道，也是我国对外开放的重要通道和南疆安全的重要屏障。在我国通往国外的39条航线中，有21条通过南沙群岛海域，60%外贸运输从南沙群岛经过。

南沙群岛有优越的地理位置及其丰富的资源，但远离中国大陆，容易引起周边各国的觊觎。20世纪60年代以来，南沙群岛岛礁及附近海域被周边国家侵占，这些国家包括越南、菲律宾、马来西亚、印度尼西亚和文莱等。

南沙群岛主权历代以来都属于中国，并一直为中国渔民所使用。早在秦朝，中国古代政府就对南沙群岛进行管辖。唐宋年间，许多历史地理著作将西沙和南沙群岛相继命名为"九乳螺洲"、"石塘"、"长沙"、"千里石塘"、"千里长沙"、"万里石塘"和"万里长沙"等。早在明代，就有海口港、铺前港和清澜港渔民到南沙群岛去捕捞海参等。一些大的岛上都有中国渔民建的庙和打的水井等。这些都证明南沙群岛自古就属于中国。

三沙市的成立，不论对世代以打鱼为生的南海渔民，还是期待一睹三沙容颜的普通民众，都是一道福音。当然，最重要的意义还是彰显了我国主权。

### 知识链接

三沙市位于中国南海，于2012年6月21日设立。它是中国地理纬度位置最南端的城市，为海南省第3个地级市，下辖西沙群岛、南沙群岛、中沙群岛的岛礁及其海域。三沙市涉及岛屿面积13平方千米，海域面积260多万平方千米，是中国陆地面积最小、总面积最大和人口最少的城市。海南省三沙市人民政府驻地位于永兴岛，2012年7月24日，三沙市人民政府正式挂牌成立。

## 酸雨的功过

北京的金

酸雨,被人们称为"天堂眼泪"或"空中死神",具有很大的破坏力。

它会使土壤的酸性增强,导致大量农作物与牧草枯死;它会破坏森林生态系统;它还会酸化河水、湖水,导致微生物和以微生物为食的鱼虾大量死亡,河水、湖水成为"死河""死湖";而酸雨渗入地下,导致地下水长期不能被利用。据统计,欧洲中部有100万公顷的森林由于酸雨的危害而枯萎死亡;美洲的加拿大和美国也有近万个湖泊全部被酸化,成为"死湖"。

另外,酸雨是造成桥梁楼屋、船舶车辆、输电线路、铁路轨道和机电设备等严重腐蚀的罪魁祸首。据专家介绍,酸雨加剧了古希腊、古罗马的文物遗迹风化。在美国东部,约3500栋历史建筑和10000座纪念碑受到酸雨损害。

对人类健康来讲,酸雨,尤其是酸雾也是冷酷杀手,它的微粒可以侵入肺的深层组织,引起肺水肿、肝硬化甚至癌变。

我国是酸雨灾害非常严重的国家,20世纪末,西南地区由于酸雨造成森林生产力下降,每年减少木材630万立方米,经济损失相当于人民币30亿元。

但是,令人憎恶的酸雨也并非一无是处。英国科学家发现,酸雨对环境的作用并不完全是负面的,它在一定程度上可以抑制温室效应所造成的全球变暖。

酸雨中所含的硫化物能够抑制湿地释放甲烷的进程，从而起到抑制温室效应的作用。甲烷是导致地球温室效应的罪魁祸首之一。生活在湿地里的一些微生物是生产甲烷的"大户"，这些微生物以湿地土层中的化学物质为生。湿地里还存在着"吃硫"的细菌，酸雨中所含的硫化物会使这些细菌大量增生，与释放甲烷的微生物争夺营养，抑制它们的生长，从而减少甲烷的释放量。实验显示，在小范围湿地内，硫化物能使湿地甲烷释放量减少30%。

为了模拟空气中硫化物对地球湿地的影响，科学家们在美国航空航天局戈达德航天飞行中心建立了一个计算机研究模型。研究人员评估了1960—2080年硫化物与湿地甲烷之间的作用。研究人员发现，早在1960年，空气中的硫化物就在抑制甲烷的释放，而且这种作用一直在继续。研究人员通过模拟实验认为，目前酸雨中的硫化物可以使湿地释放出的甲烷量减少8%。到2030年，这一数字将达到15%。

另眼看酸雨，我们对事物又多了一层了解，"天堂眼泪"也有温情的一面。

## 知识链接

酸雨，是指PH值小于5.6的雨雪或其他形式的降水。雨水被大气中存在的酸性气体污染。酸雨主要是人为的向大气中排放大量酸性物质造成的。我国的酸雨主要是大量燃烧含硫量高的煤而形成的，多为硫酸雨，少为硝酸雨。此外，各种机动车排放的尾气也是形成酸雨的重要原因。近年来，我国一些地区已经成为酸雨多发区，酸雨污染的范围和程度已经引起人们的密切关注。

# 绝妙的错误

[美] 刘易斯·托马斯

大自然迄今取得的最伟大的成就，当然要数DNA分子的发明。我们从一开始就有了它，它装在第一个细胞之中，那个细胞带着膜和其他东西，在大约30亿年前这个行星渐渐冷却时出现在某个地方的浓汤似的水中。今天贯穿地球上所有细胞的DNA，只不过是那第一个DNA扩展和惨淡经营的结果。从某种本质意义上说，我们不能声称自己取得了什么进步，因为生长和繁衍的技术基本没有变。

可是，我们在其他方面却取得了进步。尽管今天再来谈论进化方面的进步已经不时髦了，因为如果你用那个词去指称任何类似改进的东西，会隐含某种让科学无能为力的价值判断，可我还是想不出一个更好的术语来描述已经发生的事情。毕竟，从一个仅仅拥有一种原始微生物细胞的生命系统中一路走来，从沼地藻丛的无色生涯中脱颖而出，演进到今天我们周围所见的一切——巴黎城、剑桥大学……我后院里的马栗树，还有脊椎动物大脑皮层模块中那一排排的神经元。从那一个古老的分子至今，我们真的已经走得很远了。

我们绝不可能通过人类智慧做到这一点。即使有分子生物学家从一开始就乘卫星飞来，带着实验室等一切，从另外某个太阳系来到这里，也是白搭，没错！我们进化出了科学家，因此知道了许多关于DNA的事，但假如我们遇到挑战，要我们从零开始，设计一个类似的会繁殖的分子，我们是绝不会成功的。我们会犯一个致命的错误：我们设计的分子会过于完美。假以时日，我们终于会想出怎样做这事，将核苷酸、酶等一切，做成完美无瑕的一模一样的复本，可我们怎么想也不会想到，那玩意儿还必须能出差错。

能够稍微有些失误，是DNA的真正奇迹。没有这个特有的品性，我们至今还只是厌氧菌，也绝不会有音乐。一个个地加以单独观察，把我们一路带过来的每一个突变，都是某种随机的全然自发的意外。然而，突变的发生又绝不是意外，因为DNA分子从一开始就命中注定要犯些小小的错误。

假如由我们来干这事，我们会寻求某种途径去改正这些错误，那样，进化就会半路停止了。试想，一些科学家正在专注地从事于繁殖文本完全正确的、像细菌一样的无核原生细胞时，有核细胞突然出现，那时，他们会怎样地惊慌失措。

我们讲，犯错误的是人，可我们并不怎么喜欢这个想法。而让我们去接受这样一个事实——犯错误也是所有生物的本性，那就更难了。我们更喜欢立场坚定，确保不变。可事情还是这样的：我们来到这儿，就是由于纯粹的机遇，也可以说是由于错误。在进化路上的某处，可能核苷酸旁移，让进了新成员；也可能还有病毒迁移进来，随身带来一些小小的异己的基因组；还有来自太阳或外层空间的辐射在分子中引起了小小的裂缝，于是孕育出人类。

不管怎样，只要DNA分子有这种根本的不稳定性，事情的结果大概只能如此。说到底，假如你有个机制，按其设计是用来不断改变生活方式的；假如所有新的形式都必须像它们先前那样互相适配，结成一体；假如每一个即兴生成的、能对个体进行修饰润色的新基因，很有可能为这一物种所选择；假如你也有足够的时间，那么，这个系统注定要发育出大脑，还有产生知觉。

生物学实在需要有一个比"错误"更好的词来指称这种进化的推动力。或者"错误"一词也毕竟用得。只要你记住，它来自一个古老的词根，那词根意为"四处游荡、寻寻觅觅"。

### 知识链接

进化，在生物学中是指族群里的遗传性状在世代之间的变化。所谓性状则是指基因的表现，这些基因在繁殖过程中，会经复制并传递到子代。而基因的突变可使性状改变，进而造成个体之间的遗传变异。新性状又会因为迁移或是物种之间的水平基因转移，而随着基因在族群中传递。当这些遗传变异受到非随机的自然选择或随机的遗传漂变影响，而在族群中变得较为普遍或稀有时，就表示发生了演化。

# 智能机器存在反人类风险

贝 木

"我们必须严肃对待可能演变成'潘多拉之盒'的时刻,人工智能一旦失控,后果可能是灾难性的。"剑桥大学哲学家休·普莱斯说出了对人工智能的担忧。在其看来,当计算机可以自己写程序时,可能就会达到这个临界点。

有业界人士将"存在风险研究中心"开创的新研究称为"终结者研究"。在电影《终结者》中,阿诺·施瓦辛格扮演一名善良的机器人,与美国军方开发的邪恶计算机系统"天网"进行斗争。在《黑客帝国》《2001太空漫游》等经典影视作品中,主角也都是失控的机器。

目前,人工智能界总是传来令人振奋的消息,但对其的担心也无时不在,失控的机器并不总是存在于科幻界。

2012年11月,美国一家人权机构发表了名为《逝去的人性:杀人机器人案例》的报告,引发诸多担心。报告称,全自动武器发展会给人类文明带来危险。全自动武器不具备人性,无论是致命的还是非致命的属性,都可能导致对平民的无情杀戮。

美国国会公布的一份报告显示,截止到2012年,短短7年内,美国增加了7494架无人机。该报告未提及美国内华达空军基地发生的无人机机器中毒事件。当时,计算机病毒在远程控制无人机的计算机中扩散,不过军方称病毒被控制,未发生事故。此外,该报告也未提及远程控制方面的一些伦理问题。

"我们的担心在于,当创造了一种高级智能的机器后,有可能会发生失控,机器对人类和人类价值变得冷漠无情。"普莱斯表示,"我很爱看科幻电影,但这些电影的成功让这些问题似乎变得反而不严重了。我们希望能够提醒大家,这类问题确实很严重。"

知识链接

智能机器人,指能够在各类环境中自主地或交互地执行各种拟人任务的机器。有的科学家担心,智能机器人可能会发生失控,从而危害人类。

# 生物技术可能会"助纣为虐"

贝 木

针对生物技术的威胁，剑桥大学哲学家休·普莱斯和天文学家马丁·里斯都认为，如今，制造病毒武器或其他生物恐怖事件的方式已被大大简化。

哈佛医学院的科学家将一本有5.34万个单词的书籍的编码放进了一个亿万分之一克的DNA微芯片，此外，他们还将超过原书数据1000倍的复制信息也塞进了芯片，然后成功利用DNA测序来阅读这本书。

这被视为DNA数据储存的一大突破。该研究在《科学》杂志上发表，研究者认为这一技术将极大推动未来生物硬盘的发展。

在那之前，两组独立的科学家在实验室里生产出了H5N1（高致病性禽流感）病毒，以对其进行研究，最终使疫情得以控制。不过，当他们计划在全球最权威的两份期刊《自然》和《科学》上发表此篇论文时，却被美国政府制止，理由是不能公开研制过程的关键步骤，以防被生物恐怖主义利用。

在随后的几个月时间内，科学界开展了一场关于科学研究、安全和伦理的大讨论。有研究人员认为，一旦H5N1病毒从实验室流入自然界，将会使1918年的西班牙流感变得"小巫见大巫"。而现实中，在2003年爆发SARS事件时，亚洲也出现过实验室人员被病毒感染死亡的事件。此外，目前全球发生流感时，有时候各国会共享流感病株以研制疫苗，但运输过程中存在着很大的不安全性。

　　还有科学家认为，有的病毒只能在实验室环境下变异，有的如果流入自然界则会变异得很快，因此要对病毒区别对待，但一个共识是，目前生物安全的监管不够，存在较大的安全风险，同时也限制了科学家继续对病毒进行研究。

### 知识链接

　　生物技术是指人们以现代生命科学为基础，结合其他基础科学的科学原理，采用先进的科学技术手段，按照预先的设计改造生物体或加工生物原料，为人类生产出所需产品或达到某种目的。生物技术是一门新兴的，综合性的学科。

# 入关

[奥地利] 亚罗斯洛夫·加舍克

也许是命该如此。我在德国的德雷斯顿市郊外散步时，不幸被火车撞了。我在医院里整整躺了一年半。我原本打算在这儿只待4天就回国，没想到这次从我的国家奥地利出发的出境游竟游了一年半。都说人的命运掌握在上帝手里，没想到我的命运还掌握在医生们的手里。

我现在不仅模样令人恐怖，而且也弄不清楚，我全身上下还有什么是我自己的。我只知道，是18位医生和他们的52位助手把我又重新组装到一起，而且组装得非常成功！医生还给我出具了一份长达14页的医学证明。证明中详细地记载了我是用什么材料组装的。

我自己身体上的东西只剩下了一个大脑、一个胃、15千克肉和半升血，心脏还是和一个牛心拼凑的，其他东西就都不是我自己的了，身体表面的东西都是人造的。这些在那份医学证明中都有记载。可以说，我是现代医学技术之集大成，我的存在足以证明现代医学技术完全可以用不同的东西创造出一个新人。

我从医院出来后，去了一趟"中心墓地"，那儿是医院专门用来埋葬现在还活着的人"遗弃"的部分身体的。我看了一眼那个埋葬着我的残肢断臂的坟墓后，就去了火车站，准备回国了，我大概是在德雷斯顿逗留时间最长的游客了。

经过奥地利海关的时候，海关人员严格检查游客随身携带的行李。有一位海关官员看到我后，不禁大惊失色。但不管怎么说，最后他还是

认出我的确是一个"人"。而且他显然把我当成了一个被打得鼻青脸肿的走私贩子。

"带上您的行李,"那位海关官员说,"跟我们去一趟办公室。"

在办公室里,海关人员打开了我的箱子,把所有的东西都检查了一遍,也没发现有什么可疑的,但最后,在一沓纸里翻出了德雷斯顿那家医院给我出具的医学证明。

"朋友,您得跟我去楼上见一下我们的关长,"海关官员看了一眼那份证明后说,"否则我们不能让您进入奥地利境内。"

不愧是关长,对业务非常熟练,他看了一眼我的证明后说:

"首先,这份证明中说,您的后颅骨换成了银片,这些白银没有注明纯度。根据海关管理细则第946条第6款和第8款的规定,您需缴纳罚款12克朗,而且因您是秘密携带白银入境,所以应处以3倍罚款,因此您应缴纳的罚款总额是36克朗。咱们再往下看,您的左腿换成了马骨,我们认为您是秘密携带动物骨头入境,因此您给奥地利骨头贸易造成了损失。您为什么要用外国的骨头呢?仅仅是为了能行走吗?我们认为您使用马骨是用于工业目的。先生,我看您最好不要否认!发展工业当然是好事,但是对您来说就不算了。根据规定,携带动物骨头入境应缴纳关税,所以您需支付24克朗的关税。还有,您的3根肋骨换成了金属板,您还想把金属板也带进奥地利?您知不知道等待您的是什么后果?您将被处以300倍的罚款,这些金属板共20克,那罚款总额就是1605克朗。这就是您的违法行为给您带来的恶果!天哪!这下面写的是什么?您的一个肾,确切地说,是左肾,换成了猪肾!先生,奥地利禁止从境外进口生猪以及猪的身体器官。所以,如果您还想回奥地利的话,您就必须把肾留在德国。"

这我当然没同意,所以我现在已经在德国待了10年了,我一直在等待奥地利海关允许进口猪的身体器官的那一天，那时我就可以回到自己的祖国了。

**知识链接**

器官移植手术，是指将健康器官移植到另一个个体内，并使之迅速恢复功能的手术。器官移植的目的是代替因致命性疾病而丧失功能的器官，使被移植个体能重新拥有相应器官，并正常工作。常用的移植器官有肾、心、肝、胰腺与胰岛、骨髓和角膜等。自1954年肾移植在美国波士顿获得成功以来，人类已能移植除了人脑外几乎所有的重要组织和器官，但将动物的器官移植到人体内的技术仍在探索中。

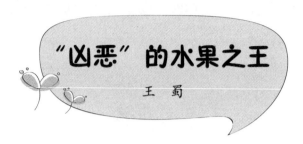

## "凶恶"的水果之王

王 蜀

进入保护区后,小小侠客又多了一个伙伴——小猫子。小猫子黑瘦黑瘦的,头发就像钢针一样,根根都竖在那儿。别看他貌不惊人,上树却像猫一样敏捷,难怪得了这么个雅号。

在这个号称世界生物之窗的保护区内,小布丁、小飞人、皮哈哈便成了小猫子的徒弟。

山里的夜似乎来得更早,鸟儿发出凄惶的鸣叫,仿佛在召唤它的同类快些归巢。这位从小跟着父亲在保护区内长大的山里娃,早就想在新结识的"徒弟"面前露一手。尤其还有两位来自海洋的朋友。等柳老师与父亲一离开,小猫子便拽着小布丁、小飞人和皮哈哈朝山上跑去。这也是新徒弟们巴不得的,离开了两位大人,他们仿佛自在了许多。尤其是皮哈哈。

小猫子跑得贼快,在一个陡坡上,他双手叉腰神气十足地教导:"快点,我们捉雨蛙去。"

还没等小布丁、皮哈哈走近,他一溜烟地又钻进了林子里。当小布丁再次找到他时,他正卷着裤腿、撅着屁股在溪里翻着石头,皮哈哈兴奋地第一个跳了进去。好久没在水里过过瘾了,机会难得。正在兴头上的皮哈哈,全然没顾及到正在翻石头的小猫子,溅起的水花将小猫子淋成了落汤鸡。

"你——你——"

小猫子的话音未落，一屁股跌坐在了小溪里。

看着小猫子狼狈的样子，小布丁和小飞人哈哈地笑了起来。笑声在林子中飘荡。

一连跑了三条小溪，除了见到石蛙和蟾蜍外，根本就没见着小猫子说的雨蛙，衣裤上却溅满了溪水。坐在岸边休息时，他们才感觉到了一丝寒意。3月，虽已开春，但山里的温差依旧能让人感觉到寒意尚没退尽。虽然这里是亚热带地区。

小猫子见一无所获，觉得脸上无光，为了安慰徒弟们，他说道："这雨蛙、蝾螈和崇安髭蟾都是世界罕见的特有动物，什么叫'罕见'？就是要找到它不是件容易的事。"在小猫子面前，徒弟们洗耳恭听着。小布丁好奇地问道："这个大森林里，会不会藏着有毒的蛙类，就像前不久，在亚马孙河流域，美国的一支考察队发现了从来没有发现过的火蛙和血蛙一样。如果我们发现了新的蛙类品种，我们就会名垂千古了，到时这些蛙类就用我们的名字来命名。"小布丁有些陶醉般地躺在了身后的草地上。身子压得杂草发出的响声，惊动了不远处岩石后的一只小动物，一个尖嘴猴腮的家伙"突"地窜过小布丁的身旁，小猫子一个鲤鱼打挺追了过去。

"快看，猪尾鼠！"

在小猫子极具诱惑力的叫声中，皮哈哈飞快地跳到了小飞人的肩膀上。小猫子的徒弟们一路狂奔追进了林子里。一转眼，那灰不拉叽的小动物就不见了，看来，这又是武夷山的特产。

这片望不到边的林子里到底有多少生物呢？真令人神往。

踏着湿气很重的林地，大家好奇地随着小猫子走着。茂密的森林，仿佛一道天然的绿色屏障，挡住了本就昏黄的光线。林子里阴森森的。

小猫子又蹦又跳地在前面领路，就像在他家大院玩游戏似的。林子

里越来越暗,小布丁不安起来。

"小猫子,你带我们去哪儿?"

小猫子不理睬小布丁的问话,继续走他的路。

小布丁虽然说已经有了不少探险经历,但此时此刻,他的神经绷得紧紧的,那握紧了拳头的手心已经有些汗津津的了。

"快过来!"小猫子在暗处叫着。他手里拿着一大把猕猴桃。那果实的外壳黑褐色,很粗糙。

小猫子将黑果子在衣服上擦擦,然后,在一旁示范道:"这样,先剥开外壳再吃下。"

黑褐色的外壳扒掉后露出绿色的果肉,尝一口果真又脆又甜。小布丁知道,这貌不惊人的水果因其含有丰富的维生素C,赢得了"水果大王"之称。皮哈哈好奇地尝了一口,便"呸呸"地吐了出去。

"真难吃,害死我了!"

这种酸酸甜甜的味道,对吃惯了海产品的皮哈哈来说,的确能让他终身难忘。

小飞人好像还没吃够,推着小猫子朝猕猴桃所在地走去。顷刻间,他们仿佛进入了一个梦幻般的世界,这片领地里竟然生活着许多藤木植物。

在一株高达30余米名叫"福建青冈"的大树上,挂着、缠着许多种藤本植物。小布丁仔细地数了数,有20多种。有一棵很大的藤本植物,根部有碗口那么粗,它在地面上盘旋了几下,然后伸向高高的天空,挂在福建青冈的树枝上,并爬到顶端上去。小猫子告诉他的徒弟们说这棵巨大的藤本植物名叫"天香藤"。小布丁发现,许多藤本植物都喜欢福建青冈,他问小猫子这是为什么?皮哈哈抢着说:"那还不好理解,那是因为福建青冈长得又高又大，攀附上它一定是为了好乘凉。"皮哈哈得意地看着小猫子。

小猫子哈哈地笑着说："到了陆地上，你还是多听我的解说吧。"

小猫子说："藤本植物天香藤可不是想乘凉哦，它是想借助福建青冈高大的树干得到更多的阳光。"

真别小瞧了小猫子，他还真懂得不少。

"小猫子，你怎么知道这么多啊？这里的所有动植物你都能叫出名字吗？"

小猫子毫不客气地说道："少说我也能分辨清几百种动植物，不信你们看着吧！要不我怎么是师父呢。哈哈，徒弟们走啰。"

一向很自以为是的小布丁、皮哈哈，不得不服了小猫子。

3月的北方，依然是冰雪天气，而这里的猕猴桃正开花结果。令人吃惊的是，这猕猴桃树也是藤本植物，它正伸出一条条长茎，弯弯曲曲地缠在别的树上。一棵很大的猕猴桃树，竟在几米高的空中把一棵比它矮的树齐头绞死，然后，向着前后左右、四面八方伸出好多根根条，盘踞、攀附到几棵高大一些的树上吸收养分和阳光。

小飞人看呆了："天哪，这就是生物界的弱肉强食场景。慢慢地爬上去，在不知不觉中绞杀对方。"

小飞人知道，对于像皮哈哈这样的海洋生物来讲，要想理解、看明白这些还需要时间。

植物间的对抗没有动物间的那么直接。

水果之王留下的美好印象，顷刻间被眼前可怕的绞杀弱者的场面破坏了。大伙儿的心里很不好受。也许是小猫子见得太多了，他爬上枝干依旧兴致勃勃地采摘果实。

不一会儿，林子里完全黑了下来，四周更加阴森森的，令人毛骨悚然。柳老师、小猫子父亲的喊叫声传进了林子，孩子们立刻冲出林地，往保护区住宿地奔去……

### 知识链接

在大森林里，植物们为了争夺养分和阳光，使尽了各种手段。天香藤、猕猴桃等藤本植物就靠伸出来的一条条长茎，弯弯曲曲地缠在别的树上，这样，既能获取阳光，又能汲取养分。它们这样做，对别的树是一种伤害。

# 人的性格是不是基因决定的？

方舟子

孩子的性格基本上是遗传基因决定的，后天环境的影响难以确定，但是父母是怎样的，孩子基本上就是怎样的了。

这种观点是属于"遗传决定论"。一个人的性格基本上是先天决定的，还是受后天环境的影响，曾经是一个争论不休的问题。遗传决定论向来被认为是反动的、保守的，环境决定论则被认为是进步的、开明的。争论虽然激烈，在以前却缺乏严谨而客观的科学研究，或者是出于社会偏见，或者是出于美好的愿望。近20年来，才有了比较可靠的科学研究，可以对基因和环境对人的性格的影响作一个结论。

在遗传学上，要研究基因和环境与性格的关系，可以设计一个简单的实验：让有着相同的基因组的个体（也就是克隆）控制在不同的环境中生长，比较其结果。同卵孪生子有着相同的基因组，是很好的实验材料，但是我们无法拿人来做这种控制实验，只能进行调查统计。

这有两种办法。一种是比较同卵孪生子和异卵孪生子的异同。同卵孪生子是由同一个受精卵分裂发育来的，他们的基因组相同，遗传相似程度达到100%。异卵孪生子则是两个（或更多个）卵分别被两个（或更多个）精子受精产生的不同受精卵分别发育而来的，虽然他们在同一时间位于同一子宫，但是他们的遗传相似程度与同一对父母在不同时间生下的两个孩子是一样的。如果某种行为特征在同卵孪生子之间的相似程

度并不比异卵孪生子高,那么我们可以认为这种特征的遗传程度很弱。反之,如果同卵孪生子在某种行为特征的相似程度高于异卵孪生子,那么它就很可能是受到遗传影响的。

另一种方法是比较出生后不久就被分开在不同家庭抚养的同卵孪生子和在同一个家庭抚养的同卵孪生子。这个办法的依据是认为在不同家庭抚养的孪生子有不同的生长环境,因此其相似性就可认为是有相同的基因导致的。这个依据并不完全可靠,因为孪生子在被分开抚养之前,至少已有9个月的时间是处于相同的环境中的(母亲的子宫),而且在不同的家庭抚育,并不等于其生长环境就完全不同,其中完全可能有相同的环境因素。

不管采用哪一种方法,都不能只比较个案,而必须对大量的孪生子做调查、统计。在世界上,已有多项这种调查,其中最大的一项是美国明尼苏达大学的研究人员负责的,他们共研究了8000多对同卵孪生子和异卵孪生子,包括130多对在不同的家庭长大的同卵孪生子。他们之所以能找到这么多被分开抚育的同卵孪生子,得益于美国历史上一个悲惨的时期:20世纪三四十年代的经济大萧条迫使许多贫苦家庭把刚出生的孪生子分开送人抚养。以后很可能再难有这样的研究机会。

研究者对孪生子进行了深入具体的面试,以了解其生活环境,对社会、宗教和哲学问题的看法,并用一系列心理测试判断其职业兴趣、思维能力和性格倾向。结果表明,同卵孪生子的性格相似程度明显大于异卵孪生子。明尼苏达大学的研究结果是,一起长大的同卵孪生子的性格相关性平均为0.46(0表示两个人没有一点相似之处,1表示两个人完全相同),分开长大的同卵孪生子性格相关性平均为0.45。这说明同卵孪生子的性格相关程度,与他们是否在相同还是不同的环境长大无关。分开长大的异卵孪生子的性格相关性平均为0.26，大约是同卵孪生子的一半，这与他们的遗传相似程度是同卵孪生子的一半相符。从同卵孪生子和异卵孪生子得到的相关性可以用于计算遗传差异与性格差异的相关性。平均来说，大约50%的性格差异是遗传差异导致的，或者说，遗传因素对性格的影响大约占了一半。遗传学家把这个数字称为"遗传率"。如果性状差异完全由遗传差异引起的，遗传率为1，如果性状差异与遗传差异毫无关系，遗传率为0。其他类似研究的结果，所得到的性格遗传率，一般为0.2~0.5。

由此可见，遗传决定论和环境决定论都是错误的，遗传因素和环境因素对性格的影响大约同等重要。两个人的遗传差异越大，环境越不同，性格差异也就会越大。而两个人的性格相似主要是相似的遗传因素引起的，环境的影响很小。但是我们必须记住，遗传因素和环境因素实际上是无法截然分开的，而是混杂在一起、交互发生作用的，从这个意义上说，区分影响性格的因素有多少属于遗传的影响，有多少属于环境的影响，是不可能的。简单地说，遗传、环境，以及经常被忽视的随机因素，都对人的性格有重要的影响。

达尔文曾经深刻地指出，那些顽固地坚持遗传决定论、认为一切都是天生注定的人，实际上是在推卸社会责任，"如果穷人的惨状不是自然法则而是我们的制度导致的，那么我们的罪过就会很大"。暴力动画片、另类童话是否会对儿童产生不良影响当然可以讨论，但是不应该因此一概否定儿童的成长会受不良环境的影响。编导、作家在向儿童推销自己的作品时，还是要多一点社会责任感。

**知识链接**

基因（遗传因子）是遗传的物质基础，是DNA（脱氧核糖核酸）分子上具有遗传信息的特定核苷酸序列的总称，携带有遗传信息的DNA序列，是具有遗传效应的DNA分子片段，是控制性状的基本遗传单位，通过指导蛋白质的合成来表达自己所携带的遗传信息，从而控制生物个体的性状表现。

人们对基因的认识是不断发展的。19世纪60年代，遗传学家孟德尔就提出了生物的性状是由遗传因子控制的观点，但这仅仅是一种逻辑推理的产物。20世纪初期，遗传学家摩尔根通过果蝇的遗传实验，认识到基因存在于染色体上，并且在染色体上是呈线性排列，从而得出了染色体是基因载体的结论。

# 狒狒为何"爱"上鸡？

王兆贵

说起来，这是一条旧闻了，但这条旧闻要用科学新发现才能回答。说的是在立陶宛西部港口克莱佩达市的一家动物园里，一只孤独的狒狒收养了一只小鸡。那只小鸡本来是投给动物园其他动物吃的，但它侥幸逃跑了，被6岁的阿拉伯狒狒米蒂斯所收留。该园也曾经给米蒂斯喂过鸡肉，但这回它似乎爱上了自己的猎食对象。它待那只鸡像自己的孩子，同它一起玩耍，给它清理羽毛，和它一起睡觉，仔细照顾它。

狒狒属于灵长类中的猴科，属于濒临灭绝的珍稀动物，食物较杂，喜群居。科学研究发现，狒狒虽然没有语言能力，但具有复杂的抽象推理能力和社会行为。狒狒对外比较团结，作风果敢顽强，是自然界唯一敢与狮子战斗的动物，三五只狒狒就可以搏杀一只狮子。所以，有些动物园的说明文字亲切地称狒狒为"勇敢的小战士"。

在非洲原野，每天清晨，都是狒狒第一时间全体迎接太阳的升起，十分虔诚，所以古埃及人称狒狒是"太阳神的儿子"。每当旱季来临时，烈日疯狂地炙烤着大地，河水迅速干涸，只有较深的湖泊中还残存着少量的水，但那里被鳄鱼们霸占着。干渴难耐的动物们，到湖边饮水时常常会命丧鳄鱼之口，但狒狒能以其智慧和勤劳得以幸免。它们会在湖泊不远处轮流挖坑，挖到一定的深度，湖泊里的水就会渗到坑里来，既解决了口渴问题，又避开了鳄鱼的伤害，这也是狒狒能在恶劣环境下顽强生存的重要原因。

纳米战争的威胁

　　这只狒狒爱上鸡，恰恰印证了其自身原有的社会习性，它显然需要沟通的对象。这一行为与人类有共同之处，它昭示了这样一个常理：在有些情况下，排解精神方面的困扰优于享受物质方面的满足。为什么那些失恋的人、患忧郁症的人会厌食，因为食欲在积郁难耐时会退居次位。在狒狒的生活中，能有一只鸡与之相伴，比吃掉它更重要。

### 知识链接

　　科学家研究发现，动物也有社会行为，也有感情交流的需要，有时甚至还有利他的行为。其中确切的原因，还有待进一步研究。

# 第四辑
# 科学家的故事

在人类历史的长河中,涌现出了许多灿烂耀眼的科学家,他们就像夜空中闪闪发亮的星星,照耀着人类前进。

虽然每一位科学家生活的年代、环境和文化不一样,但是在通往成功道路上所付出的努力是相同的。科学家们辛勤的汗水、不屈的精神、坚定的信念以及伟大的人格,是他们人生的基石、成功的基础,也是留给后人享用不尽的精神财富。

每一位科学家成功的背后,都有一些鲜为人知的故事。阅读他们的故事,可以让我们走近科学家,了解科学家是如何探索真理的,从而更好地规划我们的人生。

现在,就让我们走进这些故事,领略科学大师的伟大人格吧!

# 詹天佑：中国铁路之父

薛 艳

当你坐火车在铁路上驰骋时，请不要忘记一个人，他就是中国第一位铁路工程师詹天佑。

詹天佑（1861—1919），字眷诚，号达朝，广东南海人，中国近代铁路工程师，被誉为"中国铁路之父""中国近代工程之父"。

1872年，詹天佑报考了清政府筹办的"幼童出洋预习班"。1878年，考取耶鲁大学土木工程系学习铁道工程学。1881年，以优异成绩毕业于耶鲁大学，获学士学位，并于同年回国。1888年，经同学推荐，詹天佑成为中国第一名铁路工程师。1909年，成功修建了京张铁路。

在美国求学期间，詹天佑看到了蒸汽机、印刷机和电话，看到了一列以蒸汽机车为动力的火车在飞速奔驰。强烈的自尊心和民族责任感，使詹天佑下定决心，学好科学技术，让中国人也有自己修建的铁路。

詹天佑怀着满腔的热忱回到祖国，准备把所学本领贡献给祖国的铁路事业。但是，腐败的清政府在修筑铁路时不相信中国人，一味依靠洋人。詹天佑的专业特长没有机会施展，他被差遣到福建水师学堂学驾驶海船。

直到回国7年后的1888年，詹天佑才由老同学邝孙谋推荐，转入了中国铁路公司担任工程师。他先负责修筑塘沽到天津的铁路，仅用70多天就完成铺轨工程。后又参加修筑天津至山海关的铁路，这条铁路需要在滦河修一座铁桥。詹天佑接受任务前，英国、日本和德国等国工程人员就已经尝试建造这座铁桥，但都相继失败了。詹天佑毅然承担了造桥任务，最后出色地完成了全部工程。

詹天佑最大的贡献就在于不依靠任何外国人的力量成功地修建了北京至张家口的京张铁路。张家口是北京通往内蒙古的要冲，南北商旅来往要道，向来为兵家必争之地，因此京张铁路就有着重要的经济价值、政治价值和军事价值。当清政府要修京张铁路的消息传出后，外国在华势力最强的英国志在必得，视长城以北为其势力范围的沙俄誓不相让，双方最后达成协议：如果清政府不借外债，不用洋匠，全由中国人自修此路，则这两国都不干预。

1905年5月，京张铁路总局和工程局成立，詹天佑任总工程师。他清楚地知道这一任务的艰巨性。上任伊始，他就面临着来自多方面的压力：不懂技术的官员不信任他，守旧的同行们冷嘲热讽，甚至有人说他"自不量力""胆大妄为"。外国人也料定中国人修不成铁路，等着看笑话，并随时准备接手。

詹天佑坚定地亲自带学生和工人，背着标杆、经纬仪，日夜奔波在崎岖的山岭上勘测，选定路线。

一天傍晚，猛烈的西北风卷着沙石刮得人睁不开眼睛，测量队急着结束工作，填了测得的数字，就从岩壁上爬下来。詹天佑接过本子，一边翻看填写的数字，一边疑惑地问："数据准确吗？""差不多。"测量队员回答说。詹天佑严肃地说："技术的第一个要求是精密，不能有一点模糊和轻率，'大概''差不多'这类说法不该出自工程人员之口。"接着，他背起仪器，冒着风沙，又吃力地攀到岩壁上，认真地重新勘测了一遍，修正了误差。当他下来时，嘴唇都冻青了。最后选定路线为：从丰台北上西直门、沙河，经南口、居庸关、八达岭、怀来、鸡鸣驿、宣化到张家口，全长360华里。全线的难关在关沟，这一带悬崖峭壁，坡度

极大，南口和八达岭的高度相差180丈。工程之难在当时为全国所罕见。

在八达岭、青龙桥一带，要开四条隧道，其中最长的达1100多米。由于当时施工技术和条件有限，凿洞时，大量的石块全靠人工一锹锹地挖，涌出的泉水要一担担地挑出来，身为总工程师的詹天佑与工人一起挖石、挑水，常常一身污泥。他还鼓舞大家说："京张铁路是我们用自己的人、自己的钱修建的第一条铁路，全世界的眼睛都在望着我们。无论成功或失败，都绝不仅仅是我们自己的事，它和我们国家的荣辱得失紧密相连！"

詹天佑为了缩短工期，采用了"竖井开凿法"新技术，为了能让火车上山，他创造了"人"字形线路。

工程上的困难，詹天佑从未放在眼里；人为的障碍却使他忧愤至极。清河有个叫广宅的人，是皇室载泽的亲戚，很有势力。铁路恰经其家族的坟地，他率众闹事，阻止工人施工，私下又许以重贿，要求改道。改道要浪费很多时间和经费，詹天佑以受贿为可耻，绝不改道。经过一番周折，正义的力量最终取得了胜利。

京张铁路原定6年完工，结果提前2年就全线通车了，还节余28万两银子。京张铁路的成功修筑，是中国人的胜利，也是中国知识分子爱国精神的充分体现。

詹天佑为中国的铁路事业奔波劳累，他的理想尚未实现，就病倒了。病中他仍在感叹："生命有长短，命运有沉升，初建路网的梦想破灭令我抱恨终天，所幸我的生命能化成匍匐在华夏大地上的一根铁轨……"

后来，中华工程师学会为詹天佑在青龙桥车站建了一座铜像，永远纪念这位杰出的爱国铁路工程师。詹天佑的民族精神与科学精神，将和他的铜像一起，永远激励后人。

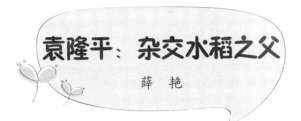

# 袁隆平：杂交水稻之父

薛艳

国际水稻研究所所长、印度前农业部部长斯瓦米纳森博士高度评价一位中国科学家，说："他的成就不仅是中国的骄傲，还是世界的骄傲，他的成就给人类带来了福音。"温家宝也称赞"他的杰出成就不仅属于中国，而且影响世界"。

他就是被人们誉为"杂交水稻之父""米神"和"当代神农"的袁隆平。

袁隆平（1930—　），江西省德安县人。中国杂交水稻育种专家，中国工程院院士。从1964年开始，袁隆平研究杂交水稻，1975年研制成功杂交水稻种植技术，从而为大面积推广杂交水稻奠定了基础。他先后研制成功杂交水稻、超级稻育种，2006年4月当选美国科学院外籍院士。

袁隆平小时候曾在武汉郊区参观了一个园艺场，从此他对生机盎然的花草、果木产生了极大的兴趣。高中毕业后，袁隆平报考了西南农学院农学系，高高兴兴地跳进了"农门"。1953年毕业服从分配，到湖南省安江农校任教，一边教学，一边做育种研究。

课余时间，他全都泡在育种研究上，要么在农田里选种，要么在实验室里劳作。他从野外选出优异的植株，找回种子播种，筛选具有稳定遗传优异性状的品种。他下苦功夫，从构成植物体的最小单位——细胞的构造开始，到根、茎、叶、花和果的外部形态，植物的生物学特性及其遗传特性等，进行系统的学习研究。为了在显微镜下观察细胞壁、细

胞质和细胞核的微观构造,他苦练徒手切片技术,一直到能在显微镜下得到满意的观察结果为止。

三年自然灾害期间,粮食奇缺,人们吃不饱肚子,许多人患上了营养不良性水肿病。袁隆平也经历了饥饿的痛苦,并深深感到不安。许多人对他说:"袁老师,听说你正在搞科学试验,如果能研究出亩产800斤、1000斤的新稻种,那多好啊!那我们就有饭吃了,不用过苦日子了。"

别人也许只是随便说说,表达一个良好的愿望,但袁隆平当真了,他把这个愿望当成了自己终身追求的目标。从那时候开始,他决心努力发挥自己的才智,用学过的专业知识,尽快培育出亩产过800斤、1000斤甚至2000斤的水稻新品种,让粮食大幅增产,让"所有人不再挨饿"。他甚至梦里都想着这件事,他曾梦见"试验田里种的水稻,像高粱那么高,穗子像扫帚那么长,颗粒像花生米那么大,人们坐在稻穗下面乘凉"。在袁隆平看来,这不仅仅是一个梦,他认为靠科技进步,一定能解决饥饿问题,梦想会成为现实。

1962年,袁隆平在一块田里发现一株稻的穗特别大,而且结实饱满。对它进行观察和统计分析后,他发现这株与众不同的水稻是"天然杂交稻"。袁隆平灵感乍现:既然自然界存在着"天然杂交稻",只要我们能探索其中的规律与奥秘,就一定可以按照我们的要求,培育出人工杂交稻来,从而利用其杂交优势,提高水稻的产量。按照那棵原始株杂交种的产量来计算,亩产能达到1200斤,这在当时是非常了不起的。从此,袁隆平就把精力转到培育人工杂交水稻这一崭新课题上来。但是,传统理论认为水稻为自花传粉植物,没有杂种优势,难以一朵一朵地去掉雄花搞杂交,要培育出杂交水稻是一个世界难题。袁隆平知难而进,他认为"外国人没有搞成功的,中国人不一定就不能成功"。

为了杂交水稻，袁隆平几乎奉献了自己的一切。在研究的初期阶段，为了获得一株必需的水稻天然雄性不育株，他和新婚妻子邓哲一起，连续两年在酷暑季节顶着烈日，弯着腰、踩着烂泥，大海捞针般地在安江农校实习农场和附近生产队的稻田里，寻找这从未见过的水稻雄性不育株。在前后共检查了4个常规水稻品种的14000多个稻穗后，他们终于找到了6株雄性不育的植株。

1974年底，袁隆平在海南进行制种研究，他的父亲病危。深明大义的袁父在弥留之际说："其他人都可以通知，但是不要通知隆平，因为他的工作太重要也太紧张了。"邓哲遵照老人的意愿，没有把这个消息告诉丈夫。后来，袁隆平难过地对妻子说："真是忠孝难两全啊！老人去世，我都未能送终，我是一个不孝的儿子啊！"邓哲流泪劝慰丈夫："你把杂交水稻试验搞成功，就是对老人尽了最大的孝。"

从1964年发现"天然雄性不育株"算起，袁隆平和助手们整整花了10年时间，先后用1000多个品种，做了3000多个杂交组合，终于在1974年配制种子成功，1975年获大面积制种成功，为次年大面积推广做好了种子准备。从1976年至1999年，我国累计推广种植杂交水稻35亿亩，增产稻谷3500亿千克，相当于解决了3500万人口的吃饭问题，确保了我国以仅占世界7%的耕地，养活了占世界22%的人口。目前在我国，有一半的稻田里播种着他培育的杂交水稻，每年收获稻谷的60%源自他培育的杂交水稻种子。

随着杂交水稻的培育成功和在全国大面积的推广，袁隆平名声大振。在成绩和荣誉面前，袁隆平公开声称现阶段培育的杂交稻仍有缺点，并组织助手们，从育种与栽培两个方面，采取措施加以解决。

20世纪80年代初期，面对世界性的饥荒，袁隆平心中再一次萌发了一个惊人的设想，大胆提出了杂交水稻超高产育种的课题，试图解决更

大范围内的饥饿问题。

20世纪90年代后期,美国学者布朗抛出"中国威胁论",撰文说到21世纪30年代,中国人口将达到16亿,到时谁来养活中国,谁来拯救由此引发的全球性粮食短缺和动荡危机?这时,袁隆平向世界宣布:"中国完全能解决自己的吃饭问题,还能帮助世界人民解决吃饭问题。"中国有9亿农民,他一个人,相当于干了2亿农民的活。

有人估算,他的种子共创造效益5600亿美元。假设其中零头分给他,那么他的资产就会大致与世界首富的资产相当。对此,袁隆平淡淡一笑:"我要那么多钱干什么?"

# 李四光：摘掉"中国贫油"帽子的人

薛 艳

　　李四光（1889—1971），湖北省黄冈人。中国著名地质学家，中国科学院院士，首创地质力学，是中国现代地球科学和地质工作的主要领导人和奠基人之一。1904年7月，李四光因学习成绩优异被选派到日本留学。1910年学成回国，后到英国伯明翰大学学习。1918年，获得硕士学位的李四光决意回国效力。新中国成立后，李四光被委以重任，先后担任了地质部部长、中国科学院副院长等职，奋战在科学研究和国家建设的第一线，为中国的地质、石油勘探和建设事业作出了巨大贡献。

　　提起"李四光"这个名字的来历，还有一段故事呢。话说多年前，有一个叫李仲揆的孩子，14岁时离开父母到省城读书。到了报名处，工作人员递给他一张表格，上面有姓名、籍贯和年龄等栏目。他不小心把年龄填到姓名一栏里，写了"十四"两个字。办事人员告诉他，每人只有一张表格，不许填错，仲揆发现写错了，心里一惊。可是他灵机一动，把"十"字加"八"加"子"，改成了他的姓，于是姓名成了"李四"，但他觉得这个名字太俗，抬头时，眼光扫到堂前的匾，匾上有四个字"光被四表"，他心中一喜，在四字后面加了个"光"字。就这样，李仲揆变成了"李四光"。

　　李四光小时候喜欢和小伙伴一起玩捉迷藏的游戏，他每次都爱藏在一块大石头的后面。这块巨石孤零零地立在草地上，时间长了，他对这块大石头产生了兴趣：这么大的一块石头，是从哪儿来的呢？李四光

跑去问村里最有学问的老师，老师想了想说："也许是从天上掉下来的吧！"李四光又跑去问爸爸，爸爸也不知道石头从哪里来的。这块大石头到底是怎么来的？为什么它的四周没有其他的石头呢？这个问题李四光想了很多年。

直到他长大以后到英国学习了地质学，才明白冰川可以将巨大的石头推至几百甚至上千里之外。19世纪以来，就不断有德国、美国、法国和瑞典等国的地质学家到中国来勘探矿产、考察地质，他们都没有在中国发现冰川现象。因此，在地质学界，"中国不存在第四纪冰川"已经成为一个定论。但是，在研究过程中，李四光从不为已有的观点和学说所束缚，而是按照规律，去寻找尚未被人们认识和掌握的真理。因此，他能不断提出创造性的见解，并敢于向一些旧观点提出挑战。

李四光在研究䗴科化石期间，就在太行山东麓发现了一些很像冰川条痕石的石头。他继续在大同盆地进行考察，越来越相信自己的判断。于是，他在中国地质学会第三次全体会员大会上大胆地提出了中国存在第四纪冰川的看法。到会的农商部顾问、瑞典地质学家安特生轻蔑地一笑，予以否定。为了证明这一事实，李四光继续寻找更多的冰川遗迹。10年以后，他不仅得出庐山有大量冰川遗迹的结论，而且认为中国第四纪冰川主要是山谷冰川，可划为3次冰期。当李四光的这个学术观点再次在全国地质学会上发表以后，引起了1934年著名的庐山辩论。1936年，李四光又到黄山考察，写了《安徽黄山之第四纪冰川现象》的论文，此文和几幅冰川现象的照片，引起了中外学者的注意，德国地质学教授费斯曼到黄山考察后感叹道："这是一个翻天覆地的发现。"李四光十多年的艰苦努力，第一次得到外国科学家的公开认可。

后来，李四光回到家乡，专门考察了那块大石头。他终于弄明白了，这块大石头是被冰川从遥远的秦岭带到这里来的。经过进一步的考察，他发现在长江流域有大量第四纪冰川活动的遗迹。他的这一研究成果，震惊了全世界。

除了冰川研究之外，李四光对石油的勘探也很执着。早在1915年至1917年，美孚石油公司的一个钻井队，在陕北一带打了7口井，花了300万美元，因收获不大就走了。1922年，美国斯坦福大学教授布莱克威尔德来到中国调查地质，并撰写了《中国和西伯利亚的石油资源》一文，下了"中国贫油"的结论。从此，"中国贫油论"就流传开来。

但是，李四光根据自己对地质构造的研究，在1928年就提出了："美孚的失败，并不能证明中国没有油田。"后来，他在《中国地质学》一书中，又一次提出：新华夏构造体系沉降带"可能揭露有重要经济价值的沉积物"，这个沉积物就是石油。

新中国成立后，在毛泽东向李四光询问中国天然石油的远景时，他根据数十年来对地质力学的研究，从新华夏构造体系的观点出发，向毛泽东、周恩来分析了中国地质条件，认为在中国辽阔的领域内，天然石油资源的蕴藏量应当是相当丰富的。松辽平原、包括渤海湾在内的华北平原、江汉平原和北部湾，还有黄海、东海和南海，都有天然石油资源。周恩来当即作了"开展石油普查勘探"的战略决策。

1956年，李四光亲自主持石油普查勘探工作，在很短时间里，先后发现了大庆、胜利、大港、华北和江汉等油田，为中国石油工业建立了不朽的功勋。20世纪50年代后期至60年代，勘探部门相继找到了大庆油田、大港油田、胜利油田和华北油田等大油田，在国家建设急需能源的时候，使滚滚石油冒了出来，摘掉了"中国贫油"的帽子。

李四光不仅开创了光辉的业绩，还留下许多至理名言。激励着后来者——

"我是炎黄子孙，理所当然地要把学到的知识全部奉献给我亲爱的

祖国。

"真正的科学精神,是要从正确的批评和自我批评发展出来的。真正的科学成果,是要经得起事实考验的。有了这样双重的保障,我们就可以放心大胆地去做,不会自掘妄自尊大的陷阱。

"科学是老老实实的东西,它要靠许许多多人民的劳动和智慧积累起来。

"真理,哪怕只见到一线,我们也不能让它的光辉变得暗淡……"

# 茅以升：会背圆周率的桥梁专家

薛 艳

茅以升（1896—1989），字唐臣，江苏镇江人。土木工程学家、桥梁专家。早年毕业于唐山工业专门学校，1917年获美国康奈尔大学硕士学位。20世纪30年代，他主持设计了钱塘江公路铁路两用大桥，这是中国人自己设计和施工的第一座现代钢铁大桥，成为中国铁路桥梁史上的一个里程碑，在我国桥梁建设上作出了突出的贡献。他还参加了新中国第一座现代化大桥——武汉长江大桥的建造。

南京秦淮河上，有座文德桥，这里是夫子庙最繁华的地方。秦淮河上每年端午节都要赛龙舟。有一年端午节，河岸边观看赛龙舟的人挤得水泄不通。当龙舟从文德桥下经过时，一时间，人们蜂拥向德桥。"哗啦啦"一声响，桥塌了，许多人都摔到桥下去了。文德桥是一座比较古老的桥，年久失修，突然遇到挤压，便倒塌了，导致人员伤亡。得知此事后，茅以升暗暗下定决心：将来我要学习造桥，要造出踩不坏、挤不塌的桥，甚至可以让汽车、火车从上面通过。后来，茅以升学土木工程，学造桥，并为此花费了毕生的精力。

茅以升的爷爷曾经给他讲过"神笔马良"的故事，马良将"神笔"一挥，就建好了一座座桥、一栋栋房子。茅以升问爷爷怎样才能得到"神笔"，爷爷拿起毛笔，写了"勤奋"二字，然后语重心长地说："这就是获得'神笔'的'秘诀'。你掌握了它，学好了知识，什么大桥、高楼，都能从你的笔下画出来。"茅以升听了爷爷的话，悟出了一个道理：

立志还不行,还要加上勤奋。

茅以升每天早上站在河边背诵古诗文。这样日久天长,他便背熟了许多古诗词,同时也锻炼了自己的记忆力。一天,爷爷在抄《京都赋》,茅以升就在一旁默记,等爷爷搁下笔,他竟然能将此文一字不漏地背下来。爷爷赞赏他聪敏过人,茅以升说:"其实,我是在锻炼自己的记忆力。"

茅以升锻炼记忆力最有名的就是他背圆周率的故事。他每天起床要把圆周率背一遍,中午又背一遍,晚饭前再背一遍,天天如此,坚持不懈。最后,他终于能一口气背到小数点后100位了。有一年,学校举行新年晚会,同学们唱歌、跳舞,个个都表演了节目。这时,有人想捉弄一下茅以升这个"书呆子",便提议让他也表演一个节目。茅以升红着脸上了场,说:"我不会弹琴,也不会跳舞,给大家背一背圆周率吧——3.14159265……"他竟然一口气背出圆周率小数点后面100位数字。顿时,大家惊呆了,对茅以升的敬意油然而生。有人问他:"你记忆力怎么那么好?"茅以升说:"其实,只要集中注意力,不论是文字还是数字,都能记住。记忆力的好坏,不完全是天生的,主要靠锻炼,就像磨刀一样,刀越磨越快,不磨不用,就会生锈了。"

在唐山路矿学堂上学时,他每天早上6:00起床,晚上11:00睡觉,中午也不休息。唐山路矿学堂有很多功课不用教科书,而是由先生在课堂上讲,学生做笔记。5年时间里,茅以升做了200本笔记,共900多万字。在家里,他经常一人在小屋里读书,几乎不出来见人,常常一段书没读完,连饭也不出来吃。这样发奋,他不仅把学校的课本看得烂熟,还看了不少当时的新书。在匹兹堡半工半读期间,茅以升白天在桥梁公司的工厂实习,晚上又到卡利基理工大学读博士学位,非常辛苦。他每天早上5:30起床,6:30上火车赶到桥梁公司,工作8

个小时，下午5∶30回到寓所，吃完晚饭，7∶00又匆匆赶到理工大学去上夜校，直到晚上9∶30回寓所，埋头读书到深夜11∶00多方才休息。

茅以升凭着从小养成的刻苦学习、勤奋读书的习惯，成了一名出色的桥梁专家。

茅以升的秘书后来回忆说："每天早上起来，他就往书案前一坐，一天的工作就开始了。几十年都是这样。如果换一个人，80多岁了，为什么不放松一些呢？直到他的眼睛不好，不能看书了，他还是没减少这股勤奋劲。"茅以升的长女茅于美说："父亲一生不论在什么情况下，总是要做事情。他两只眼睛看不清楚后，每天还是要写，一辈子都停不下来。"在茅以升92岁高龄时，他生病住院了，病愈后他想检验自己的记忆力，便试着背诵圆周率，结果，一口气背到小数点后100位，一个数字也不差。

茅以升说："对搞科学的人来说，勤奋就是成功之母。"的确，一个梦想成功的人，仅仅立下远大的志向是不够的，只有勤奋、努力并持之以恒，才能够取得一定的成绩。

# 邓稼先:"娃娃博士",两弹元勋

薛 艳

邓稼先(1924—1986),安徽怀宁人,著名核物理学家,中国科学院院士。邓稼先是中国核武器研制与发展的主要组织者、领导者,被称为"两弹元勋"。在原子弹、氢弹研究中,邓稼先领导开展了爆轰物理、流体力学、状态方程和中子输运等基础理论研究,完成了原子弹的理论方案,并参与指导核试验的爆轰模拟试验。原子弹试验成功后,邓稼先又开始探索氢弹设计原理,选定技术途径。领导并亲自参与了1967年中国第1颗氢弹的研制和试验工作。

邓稼先出生于安徽怀宁县一个书香门第之家,祖父是清代著名书法家和篆刻家,父亲是著名的美学家和美术史家,曾担任清华大学、北京大学哲学教授。1925年,母亲带他来到北平,与父亲生活在一起。他5岁入小学,在父亲指点下打下了坚实的中西文化基础。

他从青少年时代就有了科技强国的夙愿,将个人的事业与民族的兴亡紧密联系在一起。

邓稼先在校园中深受爱国救亡运动的影响。"七·七"事变后,邓稼先全家滞留北京,他秘密参加抗日聚会。在父亲安排下,16岁的邓稼先随大姐去了大后方,在四川江津读完高中,并于1941年考入西南联合大学物理系,受业于王竹溪、郑华炽等著名教授。抗日战争胜利时,他拿到了毕业证书。翌年,他回到北平,受聘担任了北京大学物理系助教。

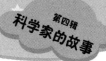

抱着学更多的本领以建设新中国之志，他于1947年通过了赴美研究生考试，第二年秋天，进入美国印第安纳州的普渡大学研究生院。由于他学习成绩突出，不足两年便读满学分，并通过博士论文答辩。当时他只有26岁，人称"娃娃博士"。这位取得学位刚9天的"娃娃博士"毅然放弃了在美国优越的生活和工作条件，回到了一穷二白的祖国。同年10月，邓稼先来到中国科学院近代物理研究所任研究员。在北京外事部门的招待会上，有人问他从美国带回了什么。他说："带了几双眼下中国还不能生产的尼龙袜子送给父亲，还带了一脑袋关于原子核的知识。"此后的8年间，他进行了中国原子核理论的研究。

当时，中央决定发展原子弹。当邓稼先得知自己将要参加原子弹的设计工作时，心潮起伏，兴奋难眠，这是一项多么光荣而又神圣的职业！但同时他又感到任务艰巨，担子十分沉重。邓稼先回家对妻子只说自己"要调动工作"，不能再照顾家庭和孩子，通信也困难。从此，邓稼先的名字便在刊物和对外联络中消失，他的身影只出现在警卫森严的深院和大漠戈壁。

邓稼先就任二机部第九研究所理论部主任后，先挑选了一批大学生，准备有关俄文资料和原子弹模型。1959年6月，苏联政府单方面撕毁了原有协议，撤出了专家。中共中央下决心自己动手，搞出原子弹、氢弹和人造卫星。邓稼先担任了原子弹的理论设计负责人后，部署同事们分头研究计算，自己也带头攻关。在遇到一个苏联专家留下的核爆大气压的数字时，邓稼先在周光召的帮助下，以严谨的计算推翻了原有结论，从而解决了关系中国原子弹试验成败的关键性难题。数学家华罗庚后来称，这是"集世界数学难题之大成"的成果。

中国研制原子弹正值3年困难时期，邓稼先从岳父那里得到的一点粮票支援，都分给同事们，以保证大家有充沛的精力投入工作。为了让

同他一起工作的年轻人有稍许娱乐放松，他总是抽空与年轻人玩10分钟的木马游戏。邓稼先与同事们尤其是年轻人保持着亲密的同志关系，正是靠着这种关系，他们一起克服了一个个科学难关，使我国的"两弹研制"以惊人速度发展。

邓稼先不仅在秘密科研院所里费尽心血，还经常到飞沙走石的戈壁试验场现场指导。他冒着酷暑严寒，在试验场度过了整整8年的单身汉生活，有15次在现场领导核试验，从而掌握了大量的一手材料。1964年10月，中国成功爆炸的第一颗原子弹，就是由他最后签字确定了设计方案。他还率领研究人员在试验后迅速进入爆炸现场采样，以证实效果。随后他又同于敏等科学家投入对氢弹的研究。按照"邓-于方案"，最后终于制成了氢弹。从爆炸第一颗原子弹到爆炸第一颗氢弹，法国用了8年，美国用了7年，苏联用4年的时间，中国只用了2年零8个月，创造了当时世界上最快的速度。

邓稼先虽长期担任核试验的领导工作，却本着对工作极端负责任的精神，在最关键、最危险的时候总出现在第一线。例如，核武器插雷管、铀球加工等危险时刻，他都站在操作人员身边，既加强了管理，又给现场作业者以极大的鼓励。

一次，航投试验时出现降落伞事故，原子弹坠地被摔裂。邓稼先深知危险，却一个人抢上前去把摔破的原子弹碎片拿到手里仔细检验。身为医学教授的妻子知道他"抱"了摔裂的原子弹后，在邓稼先回北京时强拉他去检查。结果发现在他的小便中带有放射性物质，肝脏受损，骨髓里也侵入了放射物。随后，邓稼先仍坚持回核试验基地。在步履艰难之时，他坚持自己去装雷管，并首次以院长的行政权威向周围的人下命令："你们还年轻，你们不能去！"1985年，邓稼先最后离开罗布泊回到北京，仍想参加会议。医生通知他已患有癌症并强迫他住院。他无力地

倒在病床上,面对自己的妻子以及国防部长张爱萍的安慰,平静地说:"我知道这一天会来的,但没想到它来得这样快。"中央尽了一切力量,却无法挽救他的生命。

1999年国庆50周年前夕,党中央、国务院和中央军委向邓稼先追授了金质的"两弹一星功勋奖章"。

人民将永远怀念这位被称作"两弹元勋"的我国核武器研制工作的开拓者和奠基者。